COLLECTION
FOLIO CLASSIQUE

Raymond Radiguet

Le Diable au corps

Préface
d'André Berne Joffroy

Gallimard

EN MARGE

DU « DIABLE AU CORPS »

Il se peut qu'aujourd'hui quelques lecteurs de ce livre, qui est déjà d'une autre époque, soient curieux de le situer à nouveau dans cette époque, qui fut la sienne, et plus précisément dans l'atmosphère de sentiments à présent désuets, qui alors subsistaient encore ; que les mêmes lecteurs ou d'autres soient, par ailleurs, contents d'avoir, en marge du Diable au corps, *quelques précisions sur l'auteur et sur sa liaison si célèbre avec Jean Cocteau. Il faut bien aborder aussi les questions, qu'implique comme naturellement ce roman, et notamment celle qui concerne la part d'autobiographie qu'il comporte. Mais peut-être faut-il encore considérer le moment littéraire très particulier : cette étrange et complexe croisée de chemins, où il apparut, où il apparaît encore, comme un monument d'espèce unique.*

L'AUTEUR

Sur l'auteur, Cocteau a dit l'essentiel dès 1924 dans sa préface pour Le Bal du comte d'Orgel :
Raymond Radiguet est né le 18 juin 1903, il est mort le 12 décembre 1923. Il laisse trois volumes.

Un recueil de poésies inédites, Le Diable au corps, *chef-d'œuvre de promesses, et les promesses tenues :* Le Bal du comte d'Orgel. *Ses poèmes furent écrits entre quatorze et dix-sept ans*, Le Diable au corps *entre seize et dix-huit*, Le Bal du comte d'Orgel *entre dix-huit et vingt.*

Le recueil de poèmes, Les Joues en feu, *paraîtra chez Grasset en 1925. A propos de cette étonnante précocité, Cocteau rappelait l'horreur de Radiguet pour les enfants prodiges comme pour toute chose monstrueuse, et il en donnait pour preuve qu'à quinze ans il s'en prêtait dix-neuf.*

PUBLICITÉ ET SCANDALE

C'est cependant sur la jeunesse extraordinaire de l'auteur, que l'éditeur Bernard Grasset allait centrer l'invraisemblable tapage qu'il provoqua autour du Diable au corps. *Il le précisera lui-même plus tard : « Quand j'ai lancé Radiguet, je n'ai pas dit :* J'ai trouvé un très grand romancier. *J'ai dit simplement :* J'ai découvert un romancier de dix-sept ans. » *La publicité faite pour* Le Feu *de Barbusse (1916), pour* Kœnigsmark *de Pierre Benoit (1918), pour* Maria Chapdelaine *de Louis Hémon (1921) avait déjà étonné. C'était comme l'avènement de nouvelles mœurs en littérature. La publicité, que Grasset inventa pour* Le Diable au corps *(1923), dépassa tout ce qu'on avait imaginé jusqu'alors. Il y eut là comme un scandale préliminaire ; une erreur, pensèrent certains : de quoi tuer le meilleur livre. L'agacement, qu'elle suscita, est manifeste dans le compte rendu d'Aragon publié par* Paris-Journal *le 23 mars 1923 : « Il paraît tous les jours des romans comme celui-ci, et de bien pires, et si l'on n'eût point par avance crié* Au

génie ! *et réclamé pour l'écrivain le privilège du
jeune âge, qui est un avantage assez illusoire, peut-
être aurions-nous regardé d'un œil plus favorable
un ouvrage sans prétention. Mais nous voilà forcé
à la sévérité.* »

*De cette publicité inventée par Grasset, on
trouve, prise sur le vif, une trace typique dans la*
Correspondance *de Gide et de Martin du Gard. En
post-scriptum d'une lettre datée : 1ᵉʳ mars 1923,
Martin du Gard relate ce qu'il vient de voir au
cinéma :*

AU GAUMONT. RUBRIQUE « ACTUALITÉS »

I. « *Le plus jeune romancier de France* »
— Suit un portrait *animé* de Radiguet —
puis la *main,* sa main, seule et énorme, la
main du jeune prodige écrivant sa signature
au dernier feuillet de son roman.

II. « *L'accueil de l'éditeur* ». Le bureau de
Grasset. Entrée de Radiguet, son manuscrit
sous le bras. Il le remet à l'éditeur, qui se
lève et lui serre la main avec émotion.
Texte : « Sur la seule lecture de ce chef-
d'œuvre, l'éditeur offre au jeune auteur une
rente durant toute sa vie. »

III. « *Chez le libraire* ». Un étalage de
librairie. Une foule hurlante se presse pour
avoir des exemplaires du *Diable au corps.*

Seul commentaire de Martin du Gard : !!!...

Le Diable au corps *se prêtait d'autant mieux à la
publicité que c'était un roman scabreux, et que
toute publicité est redoublée par le scandale.
Édouard Bourdet en 1910 avait déjà gentiment
choqué en montrant dans* Le Rubicon *un amou-*

reux, qui, après être resté interminablement réservé
dans ses rapports avec une jeune fille, se montre
brusquement des plus résolus, une fois que celle-ci
est mariée à un autre. C'était en effet suggérer
que le mariage sonne dans la vie d'une femme
l'heure de la liberté sexuelle. Ce point de vue est, en
somme, repris dans Le Diable au corps, *avec cette*
circonstance aggravante que, le mari étant aux
armées du fait de la guerre, la liberté de la jeune
épousée se trouve comme miraculeusement plé-
nière et sans entraves. Cela heurtait d'autant plus
que les sentiments propres au temps de guerre
étaient encore vivaces. En pleines « années folles »,
le souvenir de ceux qui étaient morts pour la patrie
hantait encore Paris par un grand nombre de longs
voiles de crêpe noir : c'était, pour la plupart, ceux
de veuves, de mères, de grands-mères, qui semblaient vouloir prolonger indéfiniment leur deuil.
Quand Le Diable au corps *remporta le prix du*
Nouveau Monde, *l'Association des Écrivains*
anciens combattants câbla son indignation à
l'American Legion.

Faire une telle publicité pour un livre bref, de
lecture excessivement aisée, et qui par surcroît
choquait, c'était jouer sur du velours, et le succès
escompté par Grasset fut, de fait, énorme. Des piles
de Diable au corps *s'entassaient dans les vitrines*
des libraires avec la photo de Radiguet.

Nulle publicité, bien sûr, n'eût pu alors assurer
même popularité à la Recherche du temps perdu,
dont, après le *Prix Goncourt des* Jeunes filles en
fleurs, *les volumes se succédaient à une cadence*
rapide : Le Côté de Guermantes *(1921),* Sodome
et Gomorrhe *(1922),* La Prisonnière *(1923). Il*
avait pourtant été possible dès novembre 1922 de
trouver Sodome et Gomorrhe II *dans les gares,*
publié dans les Œuvres libres *sous le titre de*

Jalousie *(avec la précision : Roman inédit et complet), et de le savourer en chemin de fer. Mais l'on n'eût pu songer à populariser en pays anglo-saxons (ni a fortiori en France) l'*Ulysse *de James Joyce, que venait de faire paraître à Paris la vaillante Sylvia Beach, et qui, s'il faisait aussi scandale (des 2 000 exemplaires tirés fin 1922 par « The Egoist Press », 500 furent brûlés à la douane de New York), n'était évidemment pas de lecture assez facile. Ni le livre de Joyce, ni même — et en dépit de leur titre général — les volumes de Proust n'étaient, comme le roman de Radiguet, parfait moyen, pour un vaste public, de s'évader de soi-même et de l'ennui d'un trajet fastidieux.*

Radiguet avait évidemment accepté cette publicité. Et, avec sa canne et son monocle, en ville, aux côtés de Cocteau, son personnage était assez pittoresque et voyant. Mais au fond, au témoignage de tous, ce tapage lui ressemblait bien peu. Relisons le portrait injustement oublié qu'a fait de lui Jacques de Lacretelle : « *Il était le moins fait pour le bruit qui nous l'avait annoncé. Il était réfléchi, s'effaçait volontiers et cherchait à se contenter soi-même bien plus qu'à réussir... Si on le questionnait sur un être, sur un sentiment, sur un livre, on apercevait d'abord dans tous ses traits un froncement réflexe, sorte de germination sensible de la pensée. Ensuite, comme il exprimait son jugement, la volonté de voir clair, de toucher le but, couvrait son visage d'un masque tendu, presque dur. Pour vous convaincre il martelait les mots entre ses dents serrées, sans vous regarder. Et puis, semblable aux enfants qui éprouvent la pudeur de leur raison et rougissent après avoir dit une chose sérieuse, il relevait la tête, souriait, et l'on ne voyait plus sur tout son visage qu'un appétit concentré de la vie.* »

L'EXTRÊME GAUCHE DES LETTRES

Dédiant à Radiguet en 1921 ses Visites *(parodiques)* à Maurice Barrès, *Cocteau écrivait comme prémonitoirement : « Nourri dans l'extrême gauche des lettres, vous la menacez d'une rose comme d'une bombe... Je salue en vous le premier contradicteur-né de la poésie maudite. »*

Le premier poème publié par Radiguet (dans Sic *en juin 1918) rappelait si impudemment Apollinaire (à travers un « édredon rouge », a plus tard précisé David Noakes), que le poète d'Alcools s'en montra offusqué. « Ne désespérez pas, Monsieur, écrivit-il au poète de quinze ans. Arthur Rimbaud n'écrivit son chef-d'œuvre qu'à dix-sept ans. »*

Le premier contact de Radiguet avec les milieux littéraires avait été avec André Salmon. Son père, Maurice Radiguet, qui habitait en banlieue, au Parc Saint-Maur, et qui faisait des dessins humoristiques pour les journaux, l'envoyait parfois en livrer. Raymond était encore en culottes courtes quand il en porta à L'Intransigeant, *où Salmon était rédacteur. Il y revint plusieurs fois, et un jour il se risqua à montrer ses propres œuvres à Salmon : poèmes et dessins. Assez éberlué, Salmon l'envoya à Max Jacob. Deux jours après, Max Jacob et Radiguet se tutoyaient. On pense qu'ensuite, plus ou moins vite, Max Jacob envoya Radiguet chez Cocteau. Cependant André Breton prétendait que c'était lui-même qui avait présenté Radiguet à Cocteau au cours de la matinée poétique organisée à la mémoire d'Apollinaire : donc le 8 juin 1919 à la galerie Léonce Rosenberg. Pour bien situer les choses, rappelons que des œuvrettes de Radiguet avaient paru dès mai et juin 1918 dans*

Le Canard enchaîné *et dans* Sic. *Elles étaient
signées Raimon Rajky. Devenu secrétaire de rédaction au* Rire, *Radiguet s'était lié avec Tzara, et des
œuvres de lui allaient aussi paraître dans* Littérature, *cette revue dont Valéry avait suggéré le titre à
Breton et à ses amis. L'extrême gauche des lettres
était encore en vrac quand Radiguet y pénétra. Les
clans et les haines ne s'y préciseront qu'un peu plus
tard.*

LE CRÉPUSCULE DES MAUDITS

*A l'école de Cocteau et de Picasso, le culte du
poète maudit commençait à perdre de sa force
première. Beaucoup de ceux qui révéraient Mallarmé et Cézanne n'entendaient pas revivre leur vie
de méconnus. A un auteur dénigrant ce qui se vend
dans les gares, le grand éditeur répondra bientôt
(ainsi que Bourdet l'a pertinemment noté dans*
Vient de paraître*) : « Ça, mon vieux, qu'il se vende
où il voudra, ça m'est complètement égal. Tout ce
que je lui demande, moi, c'est d'avoir du succès ! Je
ne m'en cache pas : ma spécialité, c'est l'auteur à
succès. Je ne méprise pas l'artiste méconnu, bien sûr,
mais c'est un article que je ne tiens pas. Ceux qui veulent faire artiste méconnu, je les laisse à mes confrères. Il faut bien que je leur laisse quelque chose. »
On devine et l'on comprend le regard mélancolique de Mme Bonniot (née Geneviève Mallarmé)
devant le renom grandissant de Paul Valéry. Et
l'on connaît le mot amer de Joyce à propos de
Picasso : « Il fait en un tournemain un petit dessin
sur un bout de papier et ça lui permet de fréquenter
de grands restaurants pendant des mois, tandis que
moi, je consacre beaucoup de temps et de réflexion
pour écrire vingt lignes, et vingt pages de moi ne*

valent rien. » *Il eût pu le dire aussi à propos de
Radiguet somptueusement installé à vingt ans à
l'hôtel Foyot, y vivant du* Diable au corps, *et
menant la grande vie.*

*Cependant c'est bien une gloire de maudit que,
dans sa conférence faite au Collège de France le
jeudi 3 mai 1923, donc du vivant même de Radiguet, Cocteau revendiquera pour le tout jeune
homme, en rapprochant son cas de celui de
Rimbaud.*

*Au vrai, les rapprochant, Jean Cocteau tendait
surtout à les opposer, expliquant la différence de
leurs œuvres par la différence même du problème
littéraire qui s'était posé à eux. A des problèmes
inversés, ils avaient, à son avis, tous deux saine-
ment réagi, mais par des réactions naturellement
inverses.*

« *J'ai eu la chance, disait-il, de voir Radiguet
écrire son livre comme un pensum pendant les
vacances de 1921, entre dix-sept et dix-huit ans... Je
le consigne à cause que cet enfant prodige étonne
par son manque de monstruosité. Rimbaud s'explique, dans une certaine mesure, par les cauchemars
et les rêveries de l'enfance. On se demande où ce
prestidigitateur étoilé met ses mains. Radiguet
travaille les manches retroussées en plein jour.
Rimbaud satisfait exactement l'idée dramatique,
fulgurante et courte, que les gens se font du génie.
Radiguet a eu la bonne fortune de naître après
l'époque où trop de clarté fade commandait la
foudre. Il peut donc surprendre par sa platitude...
La voyez-vous cette belle ligne droite qui endort les
poules et qui me réveille ?... Ne croyez pas que nous
soyons nombreux à nous exprimer de la sorte. Le
poncif du scandale empêche encore d'admettre
qu'à notre époque l'anarchie se présente sous
forme d'une colombe.* »

On pourrait épiloguer longuement là-dessus. La curiosité du monstrueux et le poncif du scandale avaient encore de beaux jours à vivre. Le rappel à l'ordre de Cocteau et les dernières phrases du roman de Radiguet avaient une saveur bourgeoise, qui ne sera pas au goût de tout le monde. Quant à Rimbaud, en dépit de Cocteau, son ombre demeurera écrasante pour Radiguet.

LA LIAISON AVEC COCTEAU

On avait spontanément rapproché les noms de Rimbaud et de Radiguet à cause de la précocité effarante de ce dernier, précocité qui n'avait pas, semble-t-il, d'autre précédent. Il était inévitable qu'on mît de plus en parallèle la liaison Cocteau-Radiguet avec le couple Verlaine-Rimbaud.

Parlant de Radiguet, Francis Steegmuller n'y va pas par quatre chemins : « Cocteau, qui en fit le successeur de Jean Leroy dans le rôle de jeune amant, n'essaya pas, dit-il, de faire croire que le jeune homme était ce qu'on est convenu d'appeler agréable. » *Comment ne pas imaginer Radiguet assez distant à la lumière même de cette phrase de Cocteau ? « Par le seul mépris de son regard myope, de ses cheveux mal coupés, de ses lèvres gercées, il nous battait tous. »* On pourrait être tenté d'éclairer ce chapitre particulier par ce que Markevitch a expliqué récemment touchant ses relations avec Diaghilev : « A ses désirs physiques, dit-il, je me prêtais autant par la fascination qu'il exerçait sur moi que comme on se plie à un rituel... Pourtant ce qui était pour lui l'essence de nos rapports restait loin de ma nature, et j'y voyais surtout un à-côté que j'acceptais par affection. » Mais les rapports entre deux êtres ont toujours

*quelque chose d'incomparable. Le souci de poli-
tesse et de gentillesse, dont parle Markevitch, ne
semble pas évident chez Radiguet. L'intimité ayant
été durable, mieux vaudrait, pour la comprendre,
recourir à ce que Jean Marais a dit touchant sa
propre aventure : que, s'il avait d'abord un peu
feint d'être lui aussi amoureux, il avait été finalement pris au jeu.*

*Notons le côté assez cérémonieux que Cocteau et
Radiguet ont donné à leur amitié. Ils ne se sont
jamais tutoyés. Pudeur ? Prudence ? Il se peut. Mais
il y eut aussi ceci de très particulier qu'en dépit de
la différence d'âge et de notoriété, ils se sont
apparemment toujours traités d'égal à égal et
accordé l'un à l'autre une réciproque considération.*

*Rappelons-nous le portrait que Cocteau a tracé
de Radiguet :* « Il était petit, pâle, myope, ses
cheveux mal coupés pendaient sur son col et lui
faisaient des favoris. Il grimaçait comme au soleil.
Il sautillait dans sa démarche. On eût dit que les
trottoirs lui étaient élastiques. Il tirait de ses
poches les petites feuilles de cahiers d'écolier qu'il
y enfonçait en boule. Il les déchiffonnait du plat de
la main et, gêné par une des cigarettes qu'il roulait
lui-même, essayait de lire un poème très court. Il le
collait contre son œil. » *Si, comme l'attestent
photos et portraits, l'aspect de Radiguet se fit peu à
peu plus plaisant, ce n'est pas, en dépit des grâces
de la jeunesse, un compagnon au physique
attrayant et flatteur que Cocteau a trouvé en lui. Ce
sont, de toute évidence, des dons d'un tout autre
ordre, qui rendaient et lui rendirent, le petit Raymond irrésistible.* « Je n'ai jamais rencontré, dira
de Radiguet Jacques Kessel, pareille sûreté de
jugement, une pensée aussi originale, d'apparence
hardie, d'essence pénétrante et féconde. Sur les

hommes, les milieux, les écrivains morts et vivants, sa phrase, brève, dense, illuminait, ouvrait, béante, cette lucarne par où l'on plonge au plus profond des âmes. »

Entre sa liaison avec Louise (la Marthe du Diable au corps) et celle avec Cocteau, Radiguet avait été intimement lié avec une autre femme un peu plus âgée encore, et pour laquelle il s'était, dit-on, montré fort dur. Il est peu douteux qu'avec Cocteau il y ait eu d'abord lune de miel, et même qu'elle ait été assez longue. A Maurice Radiguet, inquiet de ce qu'on disait, Cocteau écrira (diplomatiquement sans doute) le 16 novembre 1919 : « *Il est possible que mon amitié pour votre fils et mon admiration profonde pour ses dons... soient d'une vivacité peu commune et que, de loin, les limites en paraissent confuses. Son avenir littéraire compte avant tout pour moi, car il est une sorte de prodige.* » Et, le 30 mars 1921, de Carqueiranne, à Mme Cocteau, tourmentée elle aussi : « *Radiguet devait partir. C'est moi qui l'ai supplié de rester. Je l'admire, je le respecte...* » A Valentine Hugo il demandait de rassurer sa mère : « *Elle ne voit pas que cet enfant est un ange gardien pour mon travail.* »

Il n'est pas très étonnant que leurs relations soient devenues par la suite un peu plus difficiles, bien que Cocteau se soit montré un aîné compréhensif. Du Piquey, l'été suivant, il expliquait à la même Valentine Hugo : « *Si Radiguet semble encore agir mal, c'est qu'il est gauche et qu'il a son âge tout en ne l'ayant pas.* » Évoquant cet été, il racontera plus tard : « *Raymond Radiguet se partageait entre la certitude d'écrire des merveilles et la mauvaise humeur paresseuse du collégien... Il fallait l'enfermer pour qu'il travaille. Il se sauvait par la fenêtre. Ensuite, il redevenait un sage de la*

*Chine, se penchant sur des cahiers de classe
jusqu'à les toucher de la figure, et donnant le
spectacle d'un auteur grave et consciencieux... »
Comme l'a bien vu Francis Steegmuller, « pour
Cocteau, Radiguet représentait un hasard miracu-
leux : à mesure qu'il entendait le précoce jeune
homme exprimer ses opinions, il découvrait en lui-
même des possibilités insoupçonnées ». Ce côté des
choses ne doit pas être oublié. Mais il ne suppri-
mait pas les problèmes de sentiment, ceux d'alcôve,
et ceux de vanité. Il est notoire que Radiguet eut à
cette époque une liaison avec une Anglaise, Béa-
trice Hastings, qui avait été la maîtresse de Modi-
gliani. Mais il semble que ce soit une fugue avec
Brancusi, que Cocteau ait eu le plus de mal à
supporter. Quelques jours avant l'inauguration du
Bœuf sur le toit, rue Boissy-d'Anglas, après un
dîner avec Cocteau, les Picasso et quelques autres
personnes, Brancusi et Radiguet décidèrent brusquement de partir pour le Midi, et prirent illico le
train pour Marseille en smoking sans le moindre
bagage. Là-bas Radiguet acheta quelques vête-
ments dans un magasin pour marins, et ils s'em-
barquèrent pour la Corse, où ils restèrent deux
bonnes semaines. C'est donc sans eux que le Bœuf
fut inauguré le 10 janvier 1922. Cocteau se serait
montré fort nerveux durant leur absence, notamment envers Ezra Pound.*

*Quand Radiguet mourra au petit matin du
12 décembre 1923, à la clinique de la rue Piccini,
où l'on venait de le transporter, il était, Cocteau l'a
précisé lui-même, fiancé avec cette Bronya Perl-
mutter, avec qui il vivait depuis quelque temps à
l'hôtel Foyot, et qui devait plus tard épouser René
Clair. Touchant ce projet de mariage, Radiguet
avait expliqué à Georges Auric qu'il n'aimait
Bronya qu'assez froidement, mais qu'il ne voulait*

à aucun prix être à quarante ans un monsieur que
tout Paris eût surnommé « Madame Jean Cocteau ». Ni sa mère, ni son père, ni Bronya, ni
Cocteau n'étaient là quand il est mort. C'est évidemment que nul n'imaginait le dénouement si
proche. Malade de chagrin, Cocteau n'assista
même pas aux obsèques. On a pu voir là hystérie ou
cabotinage : c'est ne pas comprendre que, si dure-
ment atteint, il ne pouvait plus se comporter
qu'instinctivement, et qu'il a simplement suivi sa
pente naturelle. La cérémonie eut lieu en l'église
Saint-Honoré-d'Eylau. Non loin du cercueil —
drapé de blanc vu la jeunesse du défunt —, on eût
pu, dans la foule, reconnaître Picasso et Brancusi.

Comment ne pas penser à la mort de Radiguet
quand on lit dans le Livre blanc les dernières
paroles de H. ? « On l'avait transporté d'urgence à
la maison de santé de la rue B. Il occupait la
chambre 55 au troisième étage. Lorsque j'entrai, il
eut à peine la force de tourner la tête vers moi. Son
nez s'était légèrement busqué. D'un œil morne il
fixait ses mains transparentes. « Je vais t'avouer
mon secret, me dit-il, lorsque nous fûmes seuls. Il y
avait en moi une femme et un homme. La femme
t'était soumise ; l'homme se révoltait contre cette
soumission. Les femmes me déplaisent, je les
recherchais pour me donner le change et me
prouver que j'étais libre. L'homme fat, stupide,
était en moi l'ennemi de notre amour. Je le regrette.
Je n'aime que toi. » En dépit de l'affabulation
manifeste, une certaine vérité psychologique apparaît ici, saisissante et peu récusable.

QUESTIONS DE RHÉTORIQUE

Jean Cocteau s'est moqué du procédé des mar-
chands de tableaux exaltant le chef-d'œuvre à

vendre par quelque comparaison flatteuse et sim-
pliste, la modernité des anciens, le classicisme des
modernes. « Ce Picasso, on dirait un Giotto. Ce
Giotto on dirait un Picasso. Ce Renoir on dirait un
Watteau. Ce Watteau un Renoir. Ce Cézanne un
Greco. Ce Greco un Cézanne. Ce Goya un Manet.
Ce Manet un Goya. » Il raille fermement ceux qui
ne goûtent Picasso que quand il leur rappelle
quelque maître déjà avalé : « Picasso, dit-il,
entrera au Louvre avec une toile cubiste. Seulement nous avons tous comme le marin des roman-
ces un perroquet sur l'épaule gauche et un singe
sur l'épaule droite. Quand Picasso rappelle Ingres
ou Corot notre perroquet chante. Mais ce par
quoi il s'en éloigne fâche notre singe. Tuons
ces sales bêtes. » Il oubliait peut-être que
Picasso cubiste n'allait pas sans rappeler Braque.
Mais il lui importait de protester à propos de
Radiguet : « Ce n'est pas à cause de son air d'être
de la famille d'Adolphe que j'aime Le Diable au
corps. »

    Au vrai ce n'est pas par un rapprochement
univoque qu'il avait loué ce livre dans la N.R.F. du
1er avril 1923 : « un livre que je range, disait-il, à
côté de Daphnis et Chloé : *bouquet de jambes nues,
qui sortent d'une grotte fraîche ;* d'Adolphe : *table
d'opération toute blanche ;* des Confessions : *promenade en croupe derrière une jeune fille et cueil-
lette des cerises ;* de La Princesse de Clèves :
élégance royale. »

    Le seul bizarre, parmi ces rapprochements, est le
dernier. La Princesse de Clèves est l'histoire d'une
femme qui résiste à sa passion par respect pour la
parole donnée, Le Diable au corps celle d'une
femme qui cède à sa passion sans aucune retenue,
et à qui le respect de la parole donnée, comme tout
sens de l'honneur, semble absolument inconnu. On

pourrait expliquer le rapprochement par le fait que le second roman de Radiguet, Le Bal du comte d'Orgel, *pastiche manifeste de* La Princesse de Clèves, *est alors déjà en train et même très avancé. Mais c'est dès 1921, à propos du* Diable *seulement ébauché, que Cocteau écrivait à Valentine Hugo :* « Radiguet a déjà écrit 120 pages d'un roman qui ne peut, selon moi, se comparer qu'aux Confessions ou à La Princesse de Clèves. »

C'est que peu importe l'histoire contée, l'essentiel est la méthode. Il s'agit essentiellement d'une analyse purement faite, où les éléments ornementaux ou distrayants, nécessaires au cheminement du récit et à la constitution d'une masse agréablement lisible, sont réduits au minimum. De ce point de vue, il n'est pas sans intérêt de considérer le travail de l'auteur à la lumière de cette phrase de Jean Cocteau : « Être doué c'est se perdre si l'on ne voit pas clair à temps pour redresser les pentes et ne pas les descendre toutes. » *Aussi bien est-ce comme un* « prodige de lucidité » *que Max Jacob louera le* Diable *dans une lettre à Radiguet. Dans le compte rendu de Cocteau le passage fondamental n'est pas le rapprochement flatteur avec quelques chefs-d'œuvre déjà classés, mais cette constatation :* « Pour la première fois un enfant doué d'une méthode *montre les mécanismes d'un âge secret. On imagine qu'un animal, qu'une plante se racontent. »*

Le mérite de Radiguet est en effet d'avoir fait cette analyse à l'âge où l'on peut encore la faire, et de ne pas l'avoir gâchée en se laissant aller à d'autres ambitions dérangeantes et intempestives. Ni celle d'exposer des points de vue métaphysiques ou politiques, ni même celle de décrire des mécanismes sociologiques, ne le détournent de sa curiosité essentielle, centrée sur l'observation purement

*psychologique du monde clos d'une passion amou-
reuse, que deux interludes rappelant Maupassant
ne sauraient aucunement troubler. L'ambiance
géographique et surtout l'ambiance sociale sont
légères dans le* Diable. *Radiguet n'a aucun souci de
faire concurrence à l'état civil. La tradition venue
de Balzac et de Zola, et qui pèsera si lourd sur
l'ambition d'un Martin du Gard, d'un Romains,
d'un Duhamel, est ici complètement refoulée. Le
seul réalisme visé est d'ordre psychologique.*

   *C'est là la caractéristique la plus visible de
l'œuvre, celle dont Valéry fit à bon droit compli-
ment à Radiguet. « Je vous remercie, lui écrivait-il,
de m'avoir envoyé votre livre, qui m'a plu nécessairement par sa netteté, sa marche directe et déci-
dée, et par ce dessin suffisant et comme* fermé*, qui
donne ce qu'il faut de vérité à vos moindres
personnages. » Valéry louait aussi dans le livre de
Radiguet l'« indépendance qu'il fait voir à l'égard
de ce qui était à la mode » au moment où l'auteur
l'écrivait. Il lui souhaitait de conserver toujours
cette même liberté d'esprit.*

   *Il importe de voir ici comment l'écriture la plus
simple, quand elle se veut aussi et précise et aiguë,
peut devenir instrument ou méthode d'observation,
facteur de lucidité. Sans obstination, sans nervo-
sité, l'attention de Radiguet est de coller à son
objet, même quand il en décolle. Il roule son thème
comme Valéry sa cigarette, le laisse s'égarer, revenir. « Travailler son ouvrage, dira l'auteur de*
Rhumbs, *c'est se familiariser avec lui, donc avec
soi. »*

   Le Diable au corps *mérite, d'un certain point de
vue, un éloge analogue à celui qu'a fait Cocteau des*
Paradis artificiels : « *Voyez comme le style de
Baudelaire trouve de relief à suivre étroitement
l'objet de son étude. Il cherche la façon la plus sûre*

de convaincre. Alors qu'en certains poèmes Les Fleurs du mal *se démodent à cause du style a priori qu'exigent les vers,* Les Paradis artificiels *ne portent aucun des colifichets par quoi les modes s'affirment et prennent du ridicule, Baudelaire n'ayant pas cherché à y vêtir un corps avec recherche, mais à en souligner les contours.* »

Le problème, que posent sur ce point un essai, une étude, des mémoires ou un roman, est évidemment plus simple que celui que pose un poème ; et la décision, que prit Radiguet en passant du poème au récit, a été sans conteste le tournant majeur dans sa brève carrière.

Ce style du Diable au corps *est bien entendu le contraire de ce qu'on appelle communément le style. Cocteau en a fait une très intelligente apologie dans* Le Secret professionnel ; « *Le style, dit-il, ne saurait être un point de départ. Il résulte. Pour bien des gens : une façon compliquée de dire des choses très simples. D'après nous : une façon très simple de dire des choses compliquées. Un Stendhal, un Balzac même essayent avant tout de faire mouche. Ils y arrivent neuf fois sur dix, n'importe comment. C'est ce n'importe comment, vite à eux, que je nomme le style. Un Flaubert soigne son arme.* Madame Bovary, *où le souci d'épauler s'étale à chaque page, fourmille d'irréalismes. Une suite de tableaux pour le Salon. Nous sommes étonnés de voir la nonchalance avec laquelle il déroule son histoire et voltige lourdement de détail en détail. Les tireurs à but n'encourent pas le même reproche.* »

C'est Gide qui, le premier, avait mis en garde Cocteau contre les dérèglements littéraires du style. « *Il me fit honte de mon écriture, racontera ce dernier. Je l'enjolivais d'arabesques. Il est à l'origine d'un réveil dont je devais payer cher le*

*prologue. Peu d'âmes admettent qu'on se découvre
soi-même. Elles nous accusent de passer dans
l'autre camp.* » *Au vrai, après s'être égaré du côté
de chez Rostand, Cocteau, comme beaucoup d'autres, comme Radiguet lui-même, s'était quelque
peu égaré à l'autre extrême de la manière, dans les
parages de Dada.*

*Radiguet comprit très vite la situation. Si diffé-
rents que fussent les clans, ils appartenaient tous à
l'univers des grimaciers. Dès novembre 1920, il les
pourfendra dans* Le Coq, *mettant à la fois en cause
et Rostand et Dada et l'infortuné Albalat :*

« Avant tout soyez original », enseigne M. Albalat... Sa leçon mène soit à Edmond Rostand,
soit au sous-dadaïsme. Ce continuel effort d'originalité, de grimace, qui fait la faiblesse des poésies
soi-disant modernes, se trouve à chaque hémisti-
che de l'auteur de *Chantecler.*

« Efforcez-vous d'être banal », recommande-
rons-nous au grand poète. La recherche de la
banalité le préviendra contre la bizarrerie toujours détestable.

On voit par là que le bon ouvrier du Diable au
corps *était préalablement armé de bons et sains
principes de rhétorique, et qu'il n'avait pas attendu*
Les Fleurs de Tarbes *pour dire son fait à ce que
Jean Paulhan appellera « la Terreur ».*

*Cocteau, lui aussi, montrera alors ce qu'a de
vain la recherche d'une originalité formelle : « Le
goût du tic est tellement développé, pris pour le
style, pour l'expression, dans les milieux littéraires
qu'on n'y estime que l'écrivain qui accuse ses tics
jusqu'à la grimace. Tant pis pour ceux qui ne
reconnaissent un poète qu'à des signes extérieurs.
La forme de la pensée, un nombre limité de*

problèmes, un petit vocabulaire simple, l'angle de vision (véritable style) sont ce par quoi il se distingue des autres. Ainsi annonce-t-il : c'est moi. »

Un petit problème d'histoire littéraire a été posé. Qui a enseigné à l'autre la vertu de banalité ? Radiguet à Cocteau, ou Cocteau à Radiguet ? Cocteau, dans la Difficulté d'être, *tranche le problème en faveur de Radiguet :* « Il inventa et nous enseigna, dit-il, cette attitude d'une nouveauté étonnante, qui consistait à ne pas avoir l'air original... Il nous conseilla d'écrire comme tout le monde. »

Clément Borgal a cru pouvoir récuser ce témoignage, où il ne voit qu'une exaltation tardive et abusive du cadet par l'aîné. Il invoque une lettre de Cocteau à Massis. Louant Radiguet dans La Revue universelle *du 15 août 1924, Massis avait écrit que celui-ci* « avait atteint d'un coup à cette banalité qui est le secret des plus grands ». *Or, voulant remercier Massis, Cocteau lui avait alors écrit :* « Votre phrase finale me rappelle mes radotages de tous les jours : Raymond soyez banal, Raymond écrivez comme tout le monde... » *Borgal en conclut que, dans sa ferveur posthume pour l'adolescent, l'auteur de* La Difficulté d'être *a outrageusement exagéré le rôle de Radiguet et présenté comme ayant été son maître celui qui, sur ce point, n'aurait été que son disciple. Il arguë aussi d'une lettre très ancienne de Cocteau à Radiguet. Mais les termes de cette lettre du 29 septembre 1919 (où, devant deux projets de préface, que lui a soumis Radiguet, Cocteau opine pour la première, qui lui paraît meilleure* « par le style et par la ligne profonde moins ornée ») *sont trop banals pour être bien démonstratifs. Borgal invoque encore, il est vrai, un article où, le 25 décembre 1920, Radiguet écrivait à propos d'une reprise de* Parade : « Tout* *artiste qui compte étant forcément original, un effort constant de banalité sera forcément pour lui la meilleure discipline. Aux représentations de* Parade, *il arriva que c'est cette banalité qu'un public mal averti considéra comme agressive. En une période d'extrême complication comme la nôtre, écrire comme tout le monde, quand chacun s'efforce d'écrire comme personne, est considéré comme une insolence.* » Mais invoquer ce texte, n'est-ce pas se méprendre ? La banalité voulue dans une œuvre comme Parade était une banalité volontairement agressive, si agressive qu'elle n'était plus vraiment banalité. La louant en 1920, Radiguet n'a sans doute fait qu'exposer assez mal à propos un point de vue, qui lui était propre, ou, si l'on préfère, plutôt que celui de Parade, son art poétique personnel. Qu'il soit arrivé à Cocteau, rallié au point de vue de son jeune ami, de le lui prôner à son tour, voilà qui n'aurait rien d'invraisemblable. Il importe d'observer que Cocteau, lui, n'a jamais réussi à trouver cette fraîcheur dans la banalité, qui fait le charme du Diable au corps. Le moins qu'on puisse dire est que, de ce point de vue, Radiguet avait beaucoup d'avance. En cultivant la simplicité, Radiguet ne réagissait pas seulement contre les gens de Dada et leur ambition d'obtenir le succès par le scandale, mais aussi contre la simplicité cultivée du côté de Parade, simplicité qui formellement ne visait pas moins le scandale et le succès par le scandale.

Ayant lu Le Secret professionnel, *que Cocteau lui avait envoyé, Martin du Gard écrivait à Gide le 12 septembre 1922 :* « Évidemment c'est souvent très bien, très ingénieusement bien, mais je sens partout la ficelle et l'affectation. » Il est évident qu'il n'eût pas dit la même chose à propos du Diable au corps. *Non point qu'il n'y ait quelques*

*ficelles dans ce récit finement ficelé; mais ici la
fraîcheur domine. Cocteau n'a pas été sans ressentir lui-même qu'il ne pouvait sur ce plan rejoindre
Radiguet.* « *Sa machine était neuve, expliquera-
t-il, la mienne s'encrassait et faisait du bruit.* »

*N'allons d'ailleurs pas croire que Cocteau et
Radiguet avaient l'exclusivité de leur point de vue.
Sans remonter à La Bruyère ou à Stendhal, notons
qu'à l'époque même, en 1920 tout précisément,
Félix Fénéon, préfaçant l'un des trois romans de
Duranty que rééditait La Sirène, écrivait fermement :* « *Leur nudité déconcerta une critique et un
public entichés de falbalas et d'artifices. Or ses
livres ont, après un demi-siècle et davantage, gardé
leur fraîcheur première. En les réimprimant* La
Sirène *rompt un maléfice et remet en lumière un
grand écrivain dont l'œuvre se définirait par :
l'intelligence la plus lucide, une frémissante et
naïve sensibilité, le goût et l'ordre classique, une
forme dépouillée, parfois un comique amer et
toujours une analyse nuancée, agile, vivante, qui
ne laisse indéterminé aucun acte.* » *Il est grande-
ment propable que Radiguet a lu ces lignes, où sont
comme annoncées, avec une précision extraordinaire, les qualités les plus caractéristiques du*
Diable au corps. *Rappelons que* La Sirène *publia
en 1921 l'une de ses premières œuvres :* Devoirs de
vacances, *et que c'est à* La Sirène *que* Le Diable au
corps *fut tout d'abord proposé.*

LA PART D'AUTOBIOGRAPHIE

Une question inévitable touchant Lé Diable au
corps *est la part d'autobiographie qui s'y trouve. Il
est évidemment absurde de dire, comme Radiguet,
que tout y est faux. (Pour* « *donner le relief d'un
roman* », *expliquait-il, et pour* « *peindre la psycho-*

logie du jeune garçon », *la fanfaronnade faisant partie de son caractère.) Point de doute qu'il y ait eu dans la vie de Radiguet une Alice, qui est la Marthe du* Diable. *Cocteau lui-même a reconnu qu'il l'avait vue au Bœuf sur le toit, Radiguet y ayant donné rendez-vous à la jeune femme pour lui rembourser cinquante francs, qu'elle lui avait autrefois prêtés. Point de doute non plus, par conséquent, que le romancier ait inventé sa mort. Elle ne devait mourir, indique Borgal, qu'en novembre 1952. Le même Borgal précise qu'à quatorze ans Radiguet fréquentait déjà Alice, que leur liaison faisait scandale à Saint-Maur, et que les notes, qu'il utilisera dans le* Diable, *remontent à 1919. On est éberlué d'apprendre que l'épisode burlesque de la jeune bonne sur le toit n'a pas été inventé, que son patron était bien conseiller municipal et s'appelait Maréchaud tout comme dans le roman. On voit combien sur certains points Radiguet est resté fidèle à la réalité. Mais ce sont surtout, remarquons-le, des points épisodiques ou paysagiques. Dans une fiche relative au* Bal du comte d'Orgel, *fiche retrouvée par Cocteau et publiée par lui dans le post-scriptum de sa préface, Radiguet notait* : « *Roman où c'est la psychologie qui est romanesque. Le seul effort d'imagination est appliqué là, non aux événements extérieurs, mais à l'analyse des sentiments.* » *Une telle remarque est, dans une certaine mesure, valable aussi pour* Le Diable au corps.

Quant à l'enfant, il y a un doute. Un article paru dans Cavalcade *le 2 octobre 1947 affirmait que le fils d'Alice était bien de Radiguet, qu'il avait alors vingt-sept ans et ressemblait étonnamment à son père. D'où des protestations de l'intéressé, et d'autres, non moins vives, de Jean Cocteau. Celui-ci déclara* : « *Si Raymond avait eu un enfant, il*

*aurait été tellement fier qu'il nous l'aurait dit. »
On peut bien penser au contraire que Radiguet se
soit senti tenu sur ce point, vis-à-vis d'Alice, de son
mari et du petit garçon, à une discrétion absolue.
Point n'eût été besoin d'être un parfait* gentleman
pour agir ainsi.

*André Salmon, qui avait bien connu Alice, avait
été si frappé par cette aventure d'un gamin avec une
jeune femme, par la dureté du jeune amant et les
désespoirs de la jeune femme maltraitée, mais
irrémédiablement esclave de sa passion, qu'il l'évo-
quera à son tour dans un court roman :* Donat
vainqueur. *Salmon y est Donat, Radiguet Luc, et
Alice Cécile Ardant. « Cécile Ardant, écrit Salmon,
n'était qu'une femme malheureuse. Surtout il lui
fallait Luc à tout prix, et la misérable se persuadait
que, seul, Donat avait le pouvoir de le lui rendre.
Peut-être aussi l'accusait-elle secrètement de le lui
avoir ravi. » Notons que Cécile Ardant se plaint de
l'indiscrétion de Luc : « Il raconte partout, à tout
le monde, qu'il couche avec moi, et il donne mon
nom, mon adresse, et il précise, rapportant que je
suis la femme du capitaine Ardant, atrocement
mutilé par les Marocains. »*

*Yves Krier a déclaré, de son côté, qu'il était lui-
même le copain décrit dans le* Diable *sous le nom
de René. Quant au mari, Gaston S. (le Jacques
Lacombe du* Diable*), il nia si peu qu'il accusa
Radiguet d'avoir volé le* Journal *tenu par sa femme
et d'en avoir tiré son roman.*

*Radiguet estimait nécessaire à la réussite d'un
roman le recours à une expérience vécue, et il
pensait, de plus, qu'une expérience vécue n'est
pleinement transmise, expliquée dans son fond, que
si elle est romancée. D'où cette note révélatrice, que
je cueille dans ses* Œuvres complètes *: « Confessions de Rousseau, où il fait plus preuve de ses*

dons de romancier que dans la Nouvelle Héloïse. »
*Il n'y a qu'à s'incliner devant la pertinence d'une
telle remarque. Qu'il s'agisse de confessions ou de
roman, c'est paraboliquement, par quelque détour,
que s'exprime le mieux ce que nous pouvons avoir à
dire de plus intime.*

   « *Ce qui chaque jour s'impose au poète, idées ou
sentiments, cela veut et doit être exprimé* », *disait à
Eckermann le vieux Goethe. L'idée de Radiguet,
c'était qu'il n'y avait pas lieu d'attendre, que tout ce
qu'il aurait pu gagner, par plus de recul ou de
maturité, lui eût fait, d'autre part, perdre quelque
chose.* « *C'est un lieu commun, expliquera-t-il, par
conséquent une vérité, et peu négligeable, que, pour
écrire, il faut avoir vécu. Mais ce que je voudrais
savoir c'est à quel âge on a le droit de dire :* « *J'ai
vécu* » ? *Ce passé défini n'implique-t-il point, logi-
quement, la mort ? Pour moi, je crois qu'à tout âge,
et dès le plus tendre, on a à la fois vécu et l'on
commence de vivre. Quoi qu'il en soit, il ne me
semble pas trop impertinent de revendiquer le droit
d'utiliser nos souvenirs des premières années avant
que soient arrivées les dernières. Non que nous
condamnions le charme puissant qu'il y a à parler
de l'aurore au soir d'un beau jour, mais, si différent qu'il soit, l'intérêt n'est pas moindre d'en
parler avant qu'il fasse nuit.* »

   Le problème le plus pénible, que pose Le Diable
au corps, *tient à la faiblesse de la transposition, et
c'est un problème de morale. Qu'à certains détails
trop fidèlement relatés Gaston S. ait pu identifier
sa femme, qui, à l'acmé du plaisir, lui disait à lui
aussi :* « *Oui, mords-moi, marque-moi, je voudrais
que tout le monde sache* », *n'est pas sans gravité.*
« Le Diable au corps *a gâché ma vie* », *confiera-
t-il un jour à Roland Dorgelès. Le* « *talent* »
implique parfois beaucoup de cruauté.

DU DIABLE ET DU BAL

Je remarque avec amusement que dans la N.R.F. du 1ᵉʳ avril 1923 le compte rendu du Diable au corps *par Cocteau voisine avec celui des* Aventures de Télémaque *par Rivière, et que Rivière, tout en louant chez Aragon « une grâce d'expression comme on n'en trouve pas chez deux écrivains d'une même génération », n'est pourtant pas sans réticences : « Dada, dit-il, a été pour Aragon un moyen de manifester, de prétendre, au lieu de créer. Lui qui s'acharne si cruellement sur toute prétention, et s'entend si bien à la ridiculiser, il faut pourtant qu'il sache qu'il y a une prétention aussi à nier, et que le vrai naturel, la vraie liberté consistent à se laisser aller au courant de la vie, sans même prendre la peine de porter sur elle un jugement d'ensemble, que l'écrivain le plus indépendant est celui qui accepte son public tel qu'il est, et qui, sans rien faire pour le flatter, refuse ce lien même où ce serait s'engager à son égard que de vouloir le scandaliser. » Rédacteur en chef de la revue, Rivière savait que son article se trouverait à côté de celui de Cocteau. N'a-t-il pas voulu, par ces lignes, rendre lui aussi hommage à Radiguet ? Ce qu'il dit s'applique de si près au* Diable au corps *qu'il est difficile d'en douter.*

Cela admis, il est intéressant de remarquer ses réserves, quand, l'année suivante, il publiera Le Bal du comte d'Orgel. *Il l'escortera en effet d'une « notice » préliminaire, où il se demandait si Radiguet se fût jamais rangé parmi les grands explorateurs du cœur humain, et où il remarquait qu'il n'y avait dans* Le Diable au corps *« aucune vue qui dépassât les convenances de l'âge ». Pas-*

sant au Bal, *il observait que Radiguet y avance
entre des lisières plus étroites encore :* « *Ce n'est
plus à la tradition psychologique française en
général, mais précisément à* Mme *de La Fayette,
qu'il demande conduite et soutien. Il ne faut donc
pas s'attendre à le voir pénétrer dans aucun fourré,
s'y débattre, y faire des coupes, des éclaircies.* » *Ses
seuls éloges auront finalement forme dubitative :*
« *Le* Bal du comte d'Orgel *a introduit peut-être,
dans la peinture des passions, une mesure, des
proportions, qu'il y aurait péril à laisser perdre ; il
nous rappelle l'importance, la grandeur des sentiments normaux.* » *Cette* « *notice* » *de Jacques
Rivière suscita la fureur de Grasset, et indigna
sans doute bien des admirateurs de Radiguet,
encore bouleversés par sa mort toute récente.*

Quand le Bal *parut en librairie, ce fut avec une
préface de Cocteau, où celui-ci, nous l'avons vu,
parlait du* Diable au corps *comme d'un* « *chef-
d'œuvre de promesses* » *et du* Bal *comme des*
« *promesses tenues* »*. De fait, pendant longtemps
ce fut surtout le* Bal *qui fut exalté. Mais peu à peu
un sentiment contraire se fit jour. Remarquable me
paraît, de ce point de vue, une phrase de Cocteau
dans* La Difficulté *d'être. Il y parle d'une certaine
occultation de Radiguet :* « *Ses romans, surtout, à
mon estime,* Le Diable au corps, *phénomènes aussi
extraordinaires dans leur genre que les poèmes de
Rimbaud, n'ont jamais bénéficié de l'aide des
modernes encyclopédistes.* » *Au vrai la désinvolture avec laquelle un René Lalou a considéré
Radiguet, aux côtés de Jean Desbordes, et tous deux
à l'ombre de Cocteau, estomaque aujourd'hui :*
« *Raymond Radiguet, écrivait-il dans son* Histoire
de la littérature contemporaine, *subissait l'influence de Cocteau quand il étirait en roman, dans*
Le Diable au corps, *un sujet de nouvelle mais*

*peignait en traits émouvants un adolescent engagé
dans un drame d'homme. Cocteau l'inspirait
encore quand il visait, avec Le Bal du comte
d'Orgel, à rendre au roman psychologique la
nudité classique de La Princesse de Clèves. Le
même Cocteau, en 1928, proclamera le " génie " de
Jean Desbordes, qui célébrait de son côté le génie de
Cocteau.* » On ne peut dire que Lalou, s'il déprécie
Radiguet, ait ici déprécié le Diable au profit du
Bal. On est, par contre, tenté d'expliquer la phrase
de Cocteau en admettant que lui-même, finalement,
a préféré le Diable au Bal.

C'est qu'après le Diable, et auprès de lui, le Bal
apparaît étrangement archaïsant. Malgré la jus-
tesse des rapprochements, on ne peut dire que le
Diable *pastiche* les Confessions, ni Adolphe, ni
même Daphnis et Chloé. La tentation pourtant eût
pu être violente, le thème étant voisin, de recher-
cher le charme stylistique des tournures anciennes,
que Courier, reprenant Amyot, a prodiguées dans
sa traduction des Pastorales de Longus. Or, c'est
plutôt chez Aragon qu'on trouverait alors telle
tendance. Le ton du Diable est simplement
moderne et dépourvu de toute affectation. Point de
doute que l'exemple de Daphnis ait préoccupé
Radiguet. Mais, les circonstances, les lieux, les
temps, les interdits étant tout différents, il ne lui a
pris en somme qu'une certaine coloration dont le
nom est : Innocence. Dans le Bal, au contraire, s'il
met son chevalet devant le comte et la comtesse
Etienne de Beaumont, Radiguet ne le met pas
moins devant La Princesse de Clèves.

Il se peut que ce travers lui soit venu de Cocteau,
qui, nous l'avons vu, avait un peu abusivement fait
allusion à la Princesse à propos du Diable. N'ou-
blions pas que le même Cocteau louait Ingres aux
dépens de Delacroix, montrant dans Ingres le vrai

maudit : « *Ingres, le révolutionnaire par excellence
— Delacroix le rapin type. Ingres la main, Delacroix la patte. Il voyait son public chez Delacroix et
restait en pleine gloire un grand audacieux
méconnu.* » *Ce que Raphaël avait été pour Ingres,
Madame de La Fayette l'a été pour le Radiguet du
Bal.*

*Cependant ici encore le ton est simple et simple-
ment moderne. Nul relent du XVIIe siècle. Pourquoi
donc a-t-on qualifié de « royale » la manière de
Radiguet ? Tel qualificatif ne peut s'entendre que
s'agissant de la simplicité en effet royale de son
style.*

Un côté, par lequel le Bal *est manifestement
inférieur au* Diable, *vient d'une certaine maladresse dans les arrière-plans, maladresse qui tient
à une moindre familiarité de l'auteur avec les us et
arrière-pensées des divers milieux impliqués, si
bien mêlés soient-ils. Il ne les connaît pas comme
ceux des bords de Marne. Il semble qu'il n'ait pas
senti combien chacun de ces milieux, si proche
qu'il puisse paraître du voisin, garde pourtant au
fond du cœur les bizarreries affichées ou furtives de
son clan, comme les idées ou réactions particulières qui invinciblement en découlent. Bien qu'il se
targuât d'une certaine parenté avec Mme de Pompa-
dour (par les Poisson) et avec l'impératrice José-
phine (par les Tascher et les d'Audiffredy), il
n'avait que de très vagues notions sur les nuances
qui séparent la cour et la ville. Ainsi que le dit
Borgal, « habitué des dîners du samedi, des ate-
liers de peintres, des bars, Radiguet n'avait pas des
milieux mondains la connaissance que donne une
longue fréquentation ». Ayant appris qu'il ne fallait pas dire « les de Beaumont », mais « les
Beaumont », il a cru devoir écrire et a écrit
répétitivement « les Orgel ». Il ne savait pas que,*

lorsque l'e de la particule s'amuisse et s'élide
devant un nom commençant par une voyelle, la
particule doit être conservée et que les « Beaumont » eussent immanquablement parlé des
« d'Orgel ». Proust, j'imagine, aurait situé Orgel
dans les Flandres afin de pouvoir prétendre qu'il
faut prononcer « Dorgue » comme on dit
« Durse » pour d'Ursel. Mais Proust était mort.
Cocteau et Radiguet avaient même assisté à son
enterrement. C'était encore l'époque où, les chaus-
sées étant peu encombrées, les corbillards traînés
par des chevaux gagnaient lentement le cimetière
lointain, suivis par le cortège des hommes marchant à pied, cependant que sur les trottoirs les
passants se découvraient et les passantes se
signaient. Cocteau imagina de fréter un taxi et de se
rendre avec Radiguet au Bœuf sur le toit entre
l'église et le cimetière. Les « Orgel » en auraient
peut-être fait autant, mais certainement pas les
Beaumont.

DE LA POLITIQUE

Le style de Radiguet et la publicité faite pour Le
Diable au corps, si analogue à celle qu'on faisait
alors pour le « Savon Cadum » ou pour le « Bouil-
lon Kub », publicité qu'il accepta gaillardement,
peuvent tromper sur sa tournure d'esprit politique.
S'il s'est voulu d'innombrables lecteurs, et lisible
pour tous, il n'est cependant pas possible de le
classer parmi les écrivains démocrates. Certes
nulle digression proprement politique ne trouble
son récit. Il y eût vu une vulgarité. Mais, à
parcourir ses Œuvres complètes, on est édifié sur
ses arrière-pensées : « J'ai dit à tout le monde,
note-t-il, que rien ne m'aurait été plus pénible que

*d'être soutenu par la gauche. Il n'en a heureuse-
ment rien été.* »

Cocteau n'acceptait pas sans amertume que
Tzara ou Breton le boudassent. Il eût aimé être des
leurs. « *J'ai représenté Dada aux yeux de l'étranger* », disait-il au Collège de France, et visiblement
il ne détestait pas cette confusion. Il se voulait, en
littérature, d'une droite si extrême, que, les extrêmes se touchant, elle rejoignît l'extrême gauche :
« *Il me faut crier, expliquait-il, si je parle avec la
droite ou avec la gauche, ce qui me fatigue, tandis
que, de l'autre côté du mur, sans élever la voix, je
peux m'entretenir avec Tzara et Picabia, mes voisins du bout du monde.* » Plus radicalement réac-
tionnaire, Radiguet protestait là-contre : « *Il ne
peut plus y avoir d'avant-garde. La gauche littéraire. Il y a eu un moment où ce n'était pas ridicule
de dire la gauche. Maintenant il ne peut plus y
avoir que de droite. La droite, au lieu d'être une
chose morte, est devenue une chose vivante. Les
réactionnaires de tous les temps ont eu le dessous.
Aujourd'hui ils auront le dessus... La droite. Où
Jean Cocteau avait raison en créant l'extrême
droite — et où il avait tort (les extrêmes se
touchent). Cela n'a de réalité qu'en tant que mots.
C'était la peur de dire : droite tout court.* »

S'agit-il ici seulement de la droite littéraire ?
Non. Radiguet se situe et se dénonce lui-même
quand ailleurs il note sans broncher à propos de
l'assassinat de Jaurès : « *Je me rappelle ce mot de
mon père qui m'avait tant frappé : C'est triste, mais
un trafiqueur de moins.* »

Chroniqueur de dix-sept ans, il écrivait (dans Le
Coq en mai 1920) : « *Je ne suis pas de ceux qui
surnomment la France patrie de Voltaire* », rela-
tait narquoisement l'indignation de sa concierge :
« *Vous vous croyez nationaliste et vous blâmez*

Voltaire le plus français de nos auteurs », et concluait : « *Il suffit de savoir quels sont les véritables.* » *Point de doute décidément : Radiguet appartenait mentalement à cette petite bourgeoisie si commune, qui avait pour devise un vers d'Horace, qu'on y citait à tout bout de champ, en latin et en se rengorgeant :* Odi profanum vulgus et arceo.

Qu'on relise le début du Diable au corps : « ... *Que ceux qui déjà m'en veulent se représentent ce que fut la guerre pour tant de très jeunes garçons : quatre ans de grandes vacances... Le chat regardait le fromage sous la cloche. Vint la guerre. Elle brisa la cloche. Les maîtres eurent d'autres chats à fouetter et le chat se réjouit. A vrai dire chacun se réjouissait en France... La cloche se cassant, le chat en profite, même si ce sont les maîtres qui la cassent et s'y coupent les mains.* »

Et qu'on en relise la fin, dont curieusement on parle tellement moins : « En voyant ce veuf si digne et dominant son désespoir, je compris que l'ordre, à la longue, se met de lui-même autour des choses. Ne venais-je pas d'apprendre... que mon fils aurait une existence raisonnable. » Le rappel à l'ordre, que constituent ces dernières phrases, n'est pas seulement littéraire. Il implique toute une Welt — et toute une Lebensanschauung — imposant brusquement à l'œuvre une coloration inattendue.

DE LA MORALE ET DE LA RELIGION

La morale certes est présente, très présente même, dans Le Diable au corps. *Le narrateur ne cesse de s'étonner de l'immoralisme de sa maîtresse. On pourrait dire que l'expérience de l'amour lui fait découvrir que les femmes n'ont pas d'âme, si la morale, dont il se fait le défenseur intermit-*

tent, n'était toute de convenances formelles, et
visiblement dépourvue d'un soutènement sentimental. Tout au plus le narrateur découvre-t-il que les
femmes n'ont pas de principes ou que leurs principes ne pèsent plus rien dès que l'amour les agite.

Aussi bien ne trouve-t-on pas dans ce récit la
moindre trace d'un sentiment religieux, mais tout
au plus quelques cocasseries touchant le cérémo-
nial et les croyance des chrétiens : le livre de messe,
que porte Mme Grangier, quand, après plusieurs
coups de sonnette infructueux, elle repart, surprise
et dépitée que sa fille ne soit pas chez elle, cependant que celle-ci et le narrateur, tout embaumés
encore d'une longue nuit d'amour, la regardent
derrière les volets ; — et surtout le vagabondage
pensif si étrange, qui vient à ce dernier après qu'il a
appris la mort de Marthe : « Ma jalousie la suivait
jusque dans la tombe, je souhaitais qu'il n'y eût
rien après la mort. Ainsi est-il insupportable que la
personne que nous aimons se trouve en nombreuse
compagnie dans une fête où nous ne sommes pas.
Mon cœur était à l'âge où l'on ne pense pas encore
à l'avenir. Oui c'était bien le néant que je désirais
pour Marthe, plutôt qu'un monde nouveau où la
rejoindre un jour. » (Il est intéressant de voir ici
comment Radiguet passe de l'autobiographie au
roman. Au départ il s'agissait seulement d'une
séparation, et il avait simplement noté : « Alice
morte pour moi, je souhaitais qu'elle le fût pour les
autres. J'aurais accepté plus volontiers sa mort que
de la savoir vivre avec les autres. » Dans la
transposition romancée on remarque une petite
prousterie : « Ainsi est-il insupportable... ») Nulle
crainte de l'enfer dans cette évocation d'un monde
futur. Et si le Diable est présent dans le titre, le
Dieu puissant de Tolstoï et de Dostoïevski ne paraît
pas dans le récit.

*On put craindre cependant que l'œuvre de Radi-
guet soit revendiquée comme au nom de Dieu par
certains.* « *Comment lutter contre ces gens-là ?*
note Gide dans son Journal. *Tout est sophisme et
mauvaise foi chez Massis. Comment supposer qu'il
ignorât les mœurs de Radiguet et de Psichari, dont
il gonfle jusqu'à l'absurde l'importance ?* » *Ces
lignes, il est vrai, doivent être interprétées avec
précaution. Y résonne l'irritation, que suscita à
l'époque, notamment chez un Martin du Gard, la
vogue certes trop peu discrète des conversions
littéraires et artistiques, celles entre autres de
Cocteau et de Copeau. On ne peut soupçonner Gide
d'avoir cru à une incompatibilité absolue entre les
mœurs de Radiguet ou de Psichari et un sentiment
religieux très vif : le lecteur assidu, qu'il fut, de
saint Paul ne pouvait ignorer que là, où fermente le
sentiment du péché fermente aussi la grâce, et que
l'humilité même, où plonge le pécheur, est le garant
de sa justification, sa prière étant nécessairement
la bonne prière du publicain, et non point celle —
pleine de suffisance — du vertueux pharisien. Cela
dit, on ne peut s'empêcher d'observer avec amusement dans le fameux* Journal *une curieuse contra-
diction. Gide écrit le 9 juin 1924 :* « *Impossible de
ne pas tenir compte du récit des trois Kalenders en
jugeant le* Comte d'Orgel. *L'influence de Gobineau
sur Radiguet est indéniable (*Les Pléiades *étaient
son livre de chevet) et l'on peut même dire que le
passage d'un livre à l'autre est presque insensible.
Mais le battage de l'éditeur fera qu'on lira beaucoup plus Radiguet qu'on n'a jamais lu Gobineau,
de sorte que cette imitation passera inaperçue.* » *Et
il écrit huit ans plus tard, le 2 janvier 1933 :*
« *Après* Le Grand Meaulnes, *lu* Le Bal du comte
d'Orgel, *que je ne connaissais pas davantage.
Extraordinaire sûreté de ce livre... Bien supérieur à*

toutes les autres œuvres de Radiguet et au Grand
Meaulnes. » *Il ne connaissait donc pas le* Bal
quand il y voyait une imitation des Pléiades. *Avait-
il lu* Le Diable au corps *quand il déclare le* Bal
« *bien supérieur à toutes les autres œuvres de
Radiguet* » ? ?

*Ne nous faisons tout de même pas plus bêtes que
nous sommes en nous en tenant au* « littéral » *de
l'œuvre ! Il s'y trouve implicitement une sorte de
gravité, qui explique le point de vue de Massis.
Dans sa remarque :* « *Comparez les héros du* Bal *et
ceux d'*Ouvert la nuit, *par exemple, ces êtres
incoordonnés aux actes décousus, qui nous semblent vides d'âmes parce que les cadres religieux,
familiaux, ethniques ne les soutiennent plus...* », *il
y a, mise en vive lumière par une confrontation —
il est vrai très particulière —, une vérité peu
contestable et aussi valable pour le* Diable au
corps *que pour le* Bal *du comte d'Orgel. Et le
rapprochement de Radiguet et de Morand n'était
pas gratuitement tendancieux, ayant été fait au
départ par Cocteau lui-même dans sa conférence de
1923 au Collège de France. Il était cependant
spécieux de confondre le goût de l'ordre ou des
cadres sociaux et celui des questions sur la destinée
humaine ou le sens métaphysique, auxquels le
sentiment religieux semble si fondamentalement
lié. La réaction de Roland Dorgelès, au contraire,
est, à voir gros, parfaitement pertinente :* « *Je sais
bien, écrivait-il à Radiguet le 2 juillet 1923, dix
problèmes se posent : la franchise, même poussée
jusqu'au cynisme, n'est-elle pas préférable à l'hypocrisie ? On ne tue pas un mal en taisant une
vérité. Mais dans votre roman — dont je reconnais
par ailleurs les profondes qualités —, j'ai vainement cherché un regret, un instant d'émotion, un
remords confus, comme le souhait d'une absolu-*

tion... Je ne l'ai pas trouvé. » Cependant, à lire le Diable *en filigrane, il me semble distinguer ces remords confus, que n'a pas sentis Dorgelès. Ils me semblent particulièrement patents dans le récit abominable de la « nuit des hôtels », qui est sans doute le point le plus fort du livre. Plus explicitement déclarés ils eussent fait tache. L'art de Radiguet fut ici d'éluder les banalités sentimentales et de s'en tenir au dessin dur et fermé d'un monde clos.*

A relire l'étude de Massis on s'aperçoit d'ailleurs avec étonnement qu'il n'a pas dit grand-chose de plus : « Jamais les expériences d'un jeune garçon, livré à la sensualité de son âge et que ne retiennent ni les contraintes de l'éducation ni les scrupules d'une foi vivante, n'ont été plus tragiquement décrites que dans le Diable au corps*... A ce don de dépister les mensonges que nos passions inconsciemment nous suggèrent, nous devons le seul livre vrai que nous ayons sur l'adolescence... Ce goût impitoyable de la vérité, cet acharnement à voir les choses telles qu'elles sont, recouvre une sorte d'austérité morale, dont seul entre les écrivains de cette génération, Radiguet me semble avoir été avide... A ce disciple de Stendhal il manquait peut-être le sens de cette " faiblesse sacrée " où se reconnaît une âme naturellement chrétienne : il y a, dans sa réserve, quelque chose d'un peu janséniste et comme une absence de grâce. » Rien, on le voit, qui ressemble à l'annexion que suggérait Gide. Pas un mot notamment des étranges paroles dites par Radiguet à Cocteau le 9 décembre 1923, paroles que celui-ci rapporte dans sa préface au* Bal*, et auxquelles un « annexionniste » n'eût pas manqué de recourir : « Dans trois jours je vais être fusillé par les soldats de Dieu. » Il est vrai que Massis louait « l'évidente pureté » de Radiguet aux dépens*

de « *ce goût du pervers, de l'anormal, de l'aberrant,
où se complaisent les disciples de Gide et de
Proust* ». On est surpris, après coup, qu'un grand
esprit comme Gide ne se soit pas borné à hausser
les épaules devant l'incompréhension de Massis, et
que de telles attaques l'aient troublé au point de lui
faire perdre les pédales en ce qui concerne proprement Radiguet.

Au vrai, l'esprit religieux, considéré dans son
essence, ne saurait être ce qu'il paraît, ni même ce
qu'il est, mais, comme l'a bien dit Sollers, « *forme
allusive de quelque chose d'autre* ». Or, que ce soit
pour s'en réjouir ou pour s'en désoler, on doit bien
reconnaître qu'il n'y a pas dans Le Diable au corps
la moindre allusion au mystère qui nous entoure et
nous habite. Prenons garde cependant à ceci : que
c'est peut-être par cette indifférence au métaphysique et au religieux que l'auteur du Diable peut
encore aujourd'hui paraître relativement moderne.
Notons tout de même aussi qu'il ne faut sans doute
pas confondre l'auteur et le héros du Diable au
corps. Quand il écrit : « *Mon cœur était encore à
l'âge où l'on ne pense pas à l'avenir* », le narrateur
lui-même prend ses distances avec l'adolescent
qu'il fut. Son récit implique, sinon un jugement, du
moins un étonnement, l'étonnement tout frais d'un
tout jeune homme devant la manière d'agir, de
réagir, de penser, de l'adolescent qu'il avait été
hier, prisonnier de son corps, et par là peut-être
privé de son âme, privé de sa liberté.

Est-ce là pousser trop loin l'inquisition ? La
vieille sagesse populaire, au sortir de ce récit, dirait
peut-être tout bonnement comme le César de
Marius : « *C'est la jeunesse, ça, Norine. Ça s'en va
vite et ça ne revient pas.* » Mais peut-on bien saisir
toute l'étonnante singularité d'une telle œuvre si on
ne la resitue dans le milieu où elle a vu le jour ? A

*certains ce milieu peut bien paraître plein de pithé-
canthropes. Mais n'est-il pas justement, et de ce
fait même, assez délicieux d'y rencontrer un jeune
homme d'aujourd'hui ?*

André Berne Joffroy

Le Diable au corps

Je vais encourir bien des reproches. Mais qu'y puis-je ? Est-ce ma faute si j'eus douze ans quelques mois avant la déclaration de la guerre ? Sans doute, les troubles qui me vinrent de cette période extraordinaire furent d'une sorte qu'on n'éprouve jamais à cet âge; mais comme il n'existe rien d'assez fort pour nous vieillir malgré les apparences, c'est en enfant que je devais me conduire dans une aventure où déjà un homme eût éprouvé de l'embarras. Je ne suis pas le seul. Et mes camarades garderont de cette époque un souvenir qui n'est pas celui de leurs aînés. Que ceux déjà qui m'en veulent se représentent ce que fut la guerre pour tant de très jeunes garçons : quatre ans de grandes vacances.

Nous habitions à F..., au bord de la Marne.
Mes parents condamnaient plutôt la camaraderie mixte. La sensualité, qui naît avec nous et se manifeste encore aveugle, y gagna au lieu d'y perdre.
Je n'ai jamais été un rêveur. Ce qui semble rêve aux autres, plus crédules, me paraissait à moi aussi réel que le fromage au chat, malgré la cloche de verre. Pourtant la cloche existe.

La cloche se cassant, le chat en profite, même si ce sont ses maîtres qui la cassent et s'y coupent les mains.

Jusqu'à douze ans, je ne me vois aucune amourette, sauf pour une petite fille, nommée Carmen, à qui je fis tenir, par un gamin plus jeune que moi, une lettre dans laquelle je lui exprimais mon amour. Je m'autorisais de cet amour pour solliciter un rendez-vous. Ma lettre lui avait été remise le matin avant qu'elle ne se rendît en classe. J'avais distingué la seule fillette qui me ressemblât, parce qu'elle était propre, et allait à l'école accompagnée d'une petite sœur, comme moi de mon petit frère. Afin que ces deux témoins se tussent, j'imaginai de les marier, en quelque sorte. A ma lettre, j'en joignis donc une de la part de mon frère, qui ne savait pas écrire, pour Mlle Fauvette. J'expliquai à mon frère mon entremise, et notre chance de tomber juste sur deux sœurs de nos âges et douées de noms de baptême aussi exceptionnels. J'eus la tristesse de voir que je ne m'étais pas mépris sur le bon genre de Carmen, lorsque après avoir déjeuné, avec mes parents qui me gâtaient et ne me grondaient jamais, je rentrai en classe.

A peine mes camarades à leurs pupitres — moi en haut de la classe, accroupi pour prendre dans un placard, en ma qualité de premier, les volumes de la lecture à haute voix, — le directeur entra. Les élèves se levèrent. Il tenait une lettre à la main. Mes jambes fléchirent, les volumes tombèrent, et je les ramassai, tandis que le directeur s'entretenait avec le maître. Déjà, les élèves des premiers bancs se tournaient vers moi, écarlate, au fond de la classe, car ils entendaient chuchoter mon nom. Enfin le directeur m'appela, et pour me punir finement, tout en n'éveillant, croyait-il, aucune mauvaise idée chez les élèves, me félicita d'avoir écrit une lettre de douze lignes sans aucune faute. Il me demanda si je l'avais bien écrite seul, puis il me pria de le suivre dans son bureau. Nous n'y allâmes point. Il me morigéna dans la cour, sous l'averse. Ce qui troubla fort mes notions de morale, fut qu'il considérait comme aussi grave d'avoir compromis la jeune fille (dont les parents lui avaient communiqué ma déclaration), que d'avoir dérobé une feuille de papier à lettres. Il me menaça d'envoyer cette feuille chez moi. Je le suppliai de n'en rien faire. Il céda, mais me dit qu'il conservait la lettre, et qu'à la première récidive, il ne pourrait plus cacher ma mauvaise conduite.

Ce mélange d'effronterie et de timidité déroutait les miens et les trompait, comme, à l'école, ma facilité, véritable paresse, me faisait prendre pour un bon élève.

Je rentrai en classe. Le professeur, ironique, m'appela Don Juan. J'en fus extrêmement flatté, surtout de ce qu'il me citât le nom d'une œuvre que je connaissais et que ne connaissaient pas mes camarades. Son « Bonjour, Don Juan » et mon sourire entendu transformèrent la classe à mon égard. Peut-être avait-elle déjà su que j'avais chargé un enfant des petites classes de porter une lettre à une « fille », comme disent les écoliers dans leur dur langage. Cet enfant s'appelait Messager ; je ne l'avais pas élu d'après son nom, mais, quand même, ce nom m'avait inspiré confiance.

A une heure, j'avais supplié le directeur de ne rien dire à mon père ; à quatre, je brûlais de lui raconter tout. Rien ne m'y obligeait. Je mettrais cet aveu sur le compte de la franchise. Sachant que mon père ne se fâcherait pas, j'étais, somme toute, ravi qu'il connût ma prouesse.

J'avouai donc, ajoutant avec orgueil que le directeur m'avait promis une discrétion absolue (comme à une grande personne). Mon père voulait savoir si je n'avais pas forgé de toutes pièces ce roman d'amour. Il vint chez le directeur. Au cours de cette visite, il parla incidemment de ce qu'il croyait être une farce. — Quoi ? dit alors le directeur surpris et très ennuyé ; il vous a raconté cela ? Il m'avait supplié de me taire, disant que vous le tueriez.

Ce mensonge du directeur l'excusait ; il contribua encore à mon ivresse d'homme. J'y gagnai séance tenante l'estime de mes camarades et des clignements d'yeux du maître. Le directeur cachait sa rancune. Le malheureux ignorait ce que je savais déjà : mon père, choqué par sa conduite, avait décidé de me laisser finir mon année scolaire, et de me reprendre. Nous étions alors au commencement de juin. Ma mère ne voulant pas que cela influât sur mes prix, mes couronnes, se réservait de dire la chose, après la distribution. Ce jour venu, grâce à une injustice du directeur qui craignait confusément les suites de son mensonge, seul de la classe, je reçus la couronne d'or que méritait aussi le prix d'excellence. Mauvais calcul : l'école y perdit ses deux meilleurs élèves, car le père du prix d'excellence retira son fils.

Des élèves comme nous servaient d'appeaux pour en attirer d'autres.

Ma mère me jugeait trop jeune pour aller à Henri-IV. Dans son esprit, cela voulait dire : pour prendre le train. Je restai deux ans à la maison et travaillai seul.

Je me promettais des joies sans borne, car, réussissant à faire en quatre heures le travail que ne fournissaient pas en deux jours mes anciens condisciples, j'étais libre plus de la moitié du jour. Je me promenais seul au bord de la Marne qui était tellement notre rivière que mes sœurs disaient, en parlant de la Seine, « une Marne ». J'allais même dans le bateau de mon père, malgré sa défense ; mais je ne ramais pas, et sans m'avouer que ma peur n'était pas celle de lui désobéir, mais la peur tout court. Je lisais, couché dans ce bateau. En 1913 et 1914, deux cent livres y passent. Point ce que l'on nomme de mauvais livres, mais plutôt les meilleurs, sinon pour l'esprit, du moins pour le mérite. Aussi, bien plus tard, à l'âge où l'adolescence méprise les livres de la Bibliothèque rose, je pris goût à leur charme enfantin, alors qu'à cette époque je ne les aurais voulu lire pour rien au monde.

Le désavantage de ces récréations alternant avec le travail était de transformer pour moi toute l'année en fausses vacances. Ainsi, mon travail de chaque jour était-il peu de chose, mais, comme, travaillant moins de temps que les autres, je travaillais en plus pendant leurs vacances, ce peu de chose était le bouchon de liège qu'un chat garde toute sa vie au bout de la queue, alors qu'il préférerait sans doute un mois de casserole.

Les vraies vacances approchaient, et je m'en occupais fort peu puisque c'était pour moi le même régime. Le chat regardait toujours le fromage sous la cloche. Mais vint la guerre. Elle brisa la cloche. Les maîtres eurent d'autres chats à fouetter et le chat se réjouit.

A vrai dire chacun se réjouissait en France. Les

enfants, leurs livres de prix sous le bras, se
pressaient devant les affiches. Les mauvais élèves
profitaient du désarroi des familles.

Nous allions chaque jour, après dîner, à la gare
de J..., à deux kilomètres de chez nous, voir
passer les trains militaires. Nous emportions des
campanules et nous les lancions aux soldats. Des
dames en blouse versaient du vin rouge dans les
bidons et en répandaient des litres sur le quai
jonché de fleurs. Tout cet ensemble me laisse un
souvenir de feu d'artifice. Et jamais tant de vin
gaspillé, de fleurs mortes. Il fallut pavoiser les
fenêtres de notre maison.

Bientôt, nous n'allâmes plus à J... Mes frères et
mes sœurs commençaient d'en vouloir à la
guerre, ils la trouvaient longue. Elle leur suppri-
mait le bord de la mer. Habitués à se lever tard, il
leur fallait acheter les journaux à six heures.
Pauvre distraction! Mais vers le vingt août, ces
jeunes monstres reprennent espoir. Au lieu de
quitter la table où les grandes personnes s'attar-
dent, ils y restent pour entendre mon père parler
de départ. Sans doute n'y aurait-il plus de
moyens de transport. Il faudrait voyager très loin
à bicyclette. Mes frères plaisantent ma petite
sœur. Les roues de sa bicyclette ont à peine
quarante centimètres de diamètre : « On te lais-
sera seule sur la route. » Ma sœur sanglote. Mais
quel entrain pour astiquer les machines! Plus de
paresse. Ils proposent de réparer la mienne. Ils se
lèvent dès l'aube pour connaître les nouvelles.
Tandis que chacun s'étonne, je découvre enfin les
mobiles de ce patriotisme : un voyage à bicyclette! jusqu'à la mer! et une mer plus loin, plus
jolie que d'habitude. Ils eussent brûlé Paris pour
partir plus vite. Ce qui terrifiait l'Europe était
devenu leur unique espoir.

L'égoïsme des enfants est-il si différent du nôtre ? L'été, à la campagne, nous maudissons la pluie qui tombe, et les cultivateurs la réclament.

Il est rare qu'un cataclysme se produise sans phénomènes avant-coureurs. L'attentat autrichien, l'orage du procès Caillaux répandaient une atmosphère irrespirable, propice à l'extravagance. Aussi mon vrai souvenir de guerre précède la guerre.

Voici comment.

Nous nous moquions, mes frères et moi, d'un de nos voisins, bonhomme grotesque, nain à barbiche blanche et à capuchon, conseiller municipal, nommé Maréchaud. Tout le monde l'appelait le père Maréchaud. Bien que porte à porte, nous nous défendions de le saluer, ce dont il enrageait si fort, qu'un jour, n'y tenant plus, il nous aborda sur la route et nous dit : « Eh bien ! on ne salue pas un conseiller municipal ? » Nous nous sauvâmes. A partir de cette impertinence, les hostilités furent déclarées. Mais que pouvait contre nous un conseiller municipal ? En revenant de l'école, et en y allant, mes frères tiraient sa sonnette, avec d'autant plus d'audace que le chien, qui pouvait avoir mon âge, n'était pas à craindre.

La veille du 14 juillet 1914, en allant à la rencontre de mes frères, quelle ne fut pas ma surprise de voir un attroupement devant la grille des Maréchaud. Quelques tilleuls élagués cachaient mal leur villa au fond du jardin. Depuis deux heures de l'après-midi, leur jeune bonne étant devenue folle se réfugiait sur le toit et refusait de descendre. Déjà les Maréchaud, épouvantés par le scandale, avaient clos leurs volets, si bien que le tragique de cette folle sur un toit s'augmentait de ce que la maison parût abandonnée. Des gens criaient, s'indignaient que ses maîtres ne fissent rien pour sauver cette malheureuse. Elle titubait sur les tuiles, sans, d'ailleurs, avoir l'air d'une ivrogne. J'eusse voulu pouvoir rester là toujours, mais notre bonne envoyée par ma mère vint nous rappeler au travail. Sans cela, je serais privé de fête. Je partis la mort dans l'âme, et priant Dieu que la bonne fût encore sur le toit, lorsque j'irais chercher mon père à la gare.

Elle était à son poste, mais les rares passants revenaient de Paris, se dépêchaient pour rentrer dîner, et ne pas manquer le bal. Ils ne lui accordaient qu'une minute distraite.

Du reste, jusqu'ici, pour la bonne, il ne s'agissait encore que de répétition plus ou moins publique. Elle devait débuter le soir, selon l'usage, les girandoles lumineuses lui formant une véritable rampe. Il y avait à la fois celles de l'avenue et celles du jardin, car les Maréchaud, malgré leur absence feinte, n'avaient osé se dispenser d'illuminer, comme notables. Au fantastique de cette maison du crime, sur le toit de laquelle se promenait, comme sur un pont de navire pavoisé, une femme aux cheveux flottants, contribuait beaucoup la voix de cette femme : inhumaine, gutturale, d'une douceur qui donnait la chair de poule.

Les pompiers d'une petite commune étant des
« volontaires », ils s'occupent tout le jour d'autre
chose que de pompes. C'est le laitier, le pâtissier,
le serrurier, qui, leur travail fini, viendront éteindre l'incendie, s'il ne s'est pas éteint de lui-même.
Dès la mobilisation, nos pompiers formèrent en
outre une sorte de milice mystérieuse faisant des
patrouilles, des manœuvres et des rondes de nuit.
Ces braves arrivèrent enfin et fendirent la foule.
    Une femme s'avança. C'était l'épouse d'un
conseiller municipal, adversaire de Maréchaud,
et qui, depuis quelques minutes, s'apitoyait
bruyamment sur la folle. Elle fit des recomman-
dations au capitaine : « Essayez de la prendre
par la douceur : elle en est tellement privée, la
pauvre petite, dans cette maison où on la bat.
Surtout, si c'est la crainte d'être renvoyée, de se
trouver sans place, qui la fait agir, dites-lui que je
la prendrai chez moi. Je lui doublerai ses gages. »
    Cette charité bruyante produisit un effet
médiocre sur la foule. La dame l'ennuyait. On ne
pensait qu'à la capture. Les pompiers, au nombre
de six, escaladèrent la grille, cernèrent la maison,
grimpant de tous les côtés. Mais à peine l'un
d'eux apparut-il sur le toit, que la foule, comme
les enfants à Guignol, se mit à vociférer, à
prévenir la victime.
    — Taisez-vous donc ! criait la dame, ce qui
excitait les « En voilà un ! En voilà un ! » du
public. A ces cris, la folle, s'armant de tuiles, en
envoya une sur le casque du pompier parvenu au
faîte. Les cinq autres redescendirent aussitôt.
    Tandis que les tirs, les manèges, les baraques,
place de la Mairie, se lamentaient de voir si peu
de clientèle, une nuit où la recette devait être
fructueuse, les plus hardis voyous escaladaient
les murs et se pressaient sur la pelouse pour

suivre la chasse. La folle disait des choses que j'ai oubliées, avec cette profonde mélancolie résignée que donne aux voix la certitude qu'on a raison, que tout le monde se trompe. Les voyous, qui préféraient ce spectacle à la foire, voulaient cependant combiner les plaisirs. Aussi, tremblants que la folle fût prise en leur absence, couraient-ils faire vite un tour de chevaux de bois. D'autres, plus sages, installés sur les branches des tilleuls, comme pour la revue de Vincennes, se contentaient d'allumer des feux de Bengale, des pétards.

On imagine l'angoisse du couple Maréchaud chez soi, enfermé au milieu de ce bruit et de ces lueurs.

Le conseiller municipal, époux de la dame charitable, grimpé sur le petit mur de la grille, improvisait un discours sur la couardise des propriétaires. On l'applaudit.

Croyant que c'était elle qu'on applaudissait, la folle saluait, un paquet de tuiles sous chaque bras, car elle en jetait une chaque fois que miroitait un casque. De sa voix inhumaine, elle remerciait qu'on l'eût enfin comprise. Je pensai à quelque fille, capitaine corsaire, restant seule sur son bateau qui sombre.

La foule se dispersait, un peu lasse. J'avais voulu rester avec mon père, tandis que ma mère, pour assouvir ce besoin de mal au cœur qu'ont les enfants, conduisait les siens de manège en montagnes russes. Certes, j'éprouvais cet étrange besoin plus vivement que mes frères. J'aimais que mon cœur batte vite et irrégulièrement. Ce spectacle, d'une poésie profonde, me satisfaisait davantage. « Comme tu es pâle », avait dit ma mère. Je trouvai le prétexte des feux de Bengale. Ils me donnaient, dis-je, une couleur verte.

— Je crains tout de même que cela l'impressionne trop, dit-elle à mon père.

— Oh, répondit-il, personne n'est plus insensible. Il peut regarder n'importe quoi, sauf un lapin qu'on écorche.

Mon père disait cela pour que je restasse. Mais il savait que ce spectacle me bouleversait. Je sentais qu'il le bouleversait aussi. Je lui demandai de me prendre sur ses épaules pour mieux voir. En réalité, j'allais m'évanouir, mes jambes ne me portaient plus.

Maintenant on ne comptait qu'une vingtaine de personnes. Nous entendîmes les clairons. C'était la retraite aux flambeaux.

Cent torches éclairaient soudain la folle, comme, après la lumière douce des rampes, le magnésium éclate pour photographier une nouvelle étoile. Alors, agitant ses mains en signe d'adieu, et croyant à la fin du monde, ou simplement qu'on allait la prendre, elle se jeta du toit, brisa la marquise dans sa chute, avec un fracas épouvantable, pour venir s'aplatir sur les marches de pierre. Jusqu'ici j'avais essayé de supporter tout, bien que mes oreilles tintassent et que le cœur me manquât. Mais quand j'entendis des gens crier : « Elle vit encore », je tombai, sans connaissance, des épaules de mon père.

Revenu à moi, il m'entraîna au bord de la Marne. Nous y restâmes très tard, en silence, allongés dans l'herbe.

Au retour, je crus voir derrière la grille une silhouette blanche, le fantôme de la bonne ! C'était le père Maréchaud en bonnet de coton, contemplant les dégâts, sa marquise, ses tuiles, ses pelouses, ses massifs, ses marches couvertes de sang, son prestige détruit.

Si j'insiste sur un tel épisode, c'est qu'il fait

comprendre mieux que tout autre l'étrange période de la guerre, et combien, plus que le pittoresque, me frappait la poésie des choses.

Nous entendîmes le canon. On se battait près de Meaux. On racontait que des uhlans avaient été capturés près de Lagny, à quinze kilomètres de chez nous. Tandis que ma tante parlait d'une amie, enfuie dès les premiers jours, après avoir enterré dans son jardin des pendules, des boîtes de sardines, je demandai à mon père le moyen d'emporter nos vieux livres; c'est ce qu'il me coûtait le plus de perdre.

Enfin, au moment où nous nous apprêtions à la fuite, les journaux nous apprirent que c'était inutile.

Mes sœurs, maintenant, allaient à J... porter des paniers de poires aux blessés. Elles avaient découvert un dédommagement, médiocre il est vrai, à tous leurs beaux projets écroulés. Quand elles arrivaient à J..., les paniers étaient presque vides!

Je devais entrer au lycée Henri-IV; mais mon père préféra me garder encore un an à la campagne. Ma seule distraction de ce morne hiver fut de courir chez notre marchande de journaux, pour être sûr d'avoir un exemplaire du *Mot*, journal

qui me plaisait et paraissait le samedi. Ce jour-là
je n'étais jamais levé tard.

Mais le printemps arriva, qu'égayèrent mes
premières incartades. Sous prétexte de quêtes, ce
printemps, plusieurs fois, je me promenai, endi-
manché, une jeune personne à ma droite. Je
tenais le tronc ; elle, la corbeille d'insignes. Dès la
seconde quête, des confrères m'apprirent à profiter de ces journées libres où l'on me jetait dans
les bras d'une petite fille. Dès lors, nous nous
empressions de recueillir, le matin, le plus d'argent possible, remettions à midi notre récolte à la
dame patronnesse et allions toute la journée
polissonner sur les coteaux de Chennevières.
Pour la première fois, j'eus un ami. J'aimais à
quêter avec sa sœur. Pour la première fois, je
m'entendais avec un garçon aussi précoce que
moi, admirant même sa beauté, son effronterie.
Notre mépris commun pour ceux de notre âge
nous rapprochait encore. Nous seuls, nous
jugions capables de comprendre les choses ; et,
enfin, nous seuls nous trouvions dignes des femmes. Nous nous croyions des hommes. Par
chance nous n'allions pas être séparés. René
allait déjà au lycée Henri-IV, et je serais dans sa
classe, en troisième. Il ne devait pas apprendre le
grec ; il me fit cet extrême sacrifice de convaincre
ses parents de le lui laisser apprendre. Ainsi nous
serions toujours ensemble. Comme il n'avait pas
fait sa première année, c'était s'obliger à des
répétitions particulières. Les parents de René n'y
comprirent rien, qui, l'année précédente, devant
ses supplications, avaient consenti à ce qu'il
n'étudiât pas le grec. Ils y virent l'effet de ma
bonne influence, et, s'ils supportaient ses autres
camarades, j'étais, du moins, le seul ami qu'ils
approuvassent.

Pour la première fois, nul jour des vacances de cette année ne me fut pesant. Je connus donc que personne n'échappe à son âge, et que mon dangereux mépris s'était fondu comme glace dès que quelqu'un avait bien voulu prendre garde à moi, de la façon qui me convenait. Nos communes avances raccourcirent de moitié la route que l'orgueil de chacun de nous avait à faire.

Le jour de la rentrée des classes, René me fut un guide précieux.

Avec lui tout me devenait plaisir, et moi qui, seul, ne pouvais avancer d'un pas, j'aimais faire à pied, deux fois par jour, le trajet qui sépare Henri-IV de la gare de la Bastille, où nous prenions notre train.

Trois ans passèrent ainsi, sans autre amitié et sans autre espoir que les polissonneries du jeudi — avec les petites filles que les parents de mon ami nous fournissaient innocemment, invitant ensemble à goûter les amis de leur fils et les amies de leur fille, — menues faveurs que nous dérobions, et qu'elles nous dérobaient, sous prétexte de jeux à gages.

La belle saison venue, mon père aimait à nous emmener, mes frères et moi, dans de longues promenades. Un de nos buts favoris était Ormesson, et de suivre le Morbras, rivière large d'un mètre, traversant des prairies où poussent des fleurs qu'on ne rencontre nulle part ailleurs, et dont j'ai oublié le nom. Des touffes de cresson ou de menthe cachent au pied qui se hasarde l'endroit où commence l'eau. La rivière charrie au printemps des milliers de pétales blancs et roses. Ce sont les aubépines.

Un dimanche d'avril 1917, comme cela nous arrivait souvent, nous prîmes le train pour La Varenne, d'où nous devions nous rendre à pied à Ormesson. Mon père me dit que nous retrouverions à La Varenne des gens agréables, les Grangier. Je les connaissais pour avoir vu le nom de leur fille, Marthe, dans le catalogue d'une exposition de peinture. Un jour, j'avais entendu mes parents parler de la visite d'un M. Grangier. Il était venu, avec un carton empli des œuvres de sa fille, âgée de dix-huit ans. Marthe était malade. Son père aurait voulu lui faire une surprise : que ses aquarelles figurassent dans une exposition de charité dont ma mère était présidente. Ces aquarelles étaient sans nulle recherche ; on y sentait la bonne élève du cours de dessin, tirant la langue, léchant les pinceaux.

Sur le quai de la gare de La Varenne, les Grangier nous attendaient. M. et Mme Grangier devaient être du même âge, approchant de la cinquantaine. Mais Mme Grangier paraissait l'aînée de son mari ; son inélégance, sa taille courte, firent qu'elle me déplut au premier coup d'œil.

Au cours de cette promenade, je devais remarquer qu'elle fronçait souvent les sourcils, ce qui couvrait son front de rides auxquelles il fallait une minute pour disparaître. Afin qu'elle eût tous les motifs de me déplaire, sans que je me reprochasse d'être injuste, je souhaitais qu'elle employât des façons de parler assez communes. Sur ce point, elle me déçut.

Le père, lui, avait l'air d'un brave homme, ancien sous-officier, adoré de ses soldats. Mais où était Marthe ? Je tremblais à la perspective d'une promenade sans autre compagnie que celle de ses parents. Elle devait venir par le prochain train, « dans un quart d'heure, expliqua Mme Grangier, n'ayant pu être prête à temps. Son frère arriverait avec elle ».

Quand le train entra en gare, Marthe était debout sur le marchepied du wagon. « Attends bien que le train s'arrête », lui cria sa mère... Cette imprudente me charma.

Sa robe, son chapeau, très simples, prouvaient son peu d'estime pour l'opinion des inconnus. Elle donnait la main à un petit garçon qui paraissait avoir onze ans. C'était son frère, enfant pâle, aux cheveux d'albinos, et dont tous les gestes trahissaient la maladie.

Sur la route, Marthe et moi marchions en tête. Mon père marchait derrière, entre les Grangier.

Mes frères, eux, bâillaient, avec ce nouveau petit camarade chétif, à qui l'on défendait de courir.

Comme je complimentais Marthe sur ses aquarelles, elle me répondit modestement que c'étaient des études. Elle n'y attachait aucune importance. Elle me montrerait mieux, des fleurs « stylisées ». Je jugeai bon, pour la première fois, de ne pas lui dire que je trouvais ces sortes de fleurs ridicules.

Sous son chapeau elle ne pouvait bien me voir. Moi, je l'observais.

— Vous ressemblez peu à madame votre mère, lui dis-je.

C'était un madrigal.

— On me le dit quelquefois ; mais, quand vous viendrez à la maison, je vous montrerai des photographies de maman lorsqu'elle était jeune, je lui ressemble beaucoup.

Je fus attristé de cette réponse, et je priai Dieu de ne point voir Marthe quand elle aurait l'âge de sa mère.

Voulant dissiper le malaise de cette réponse pénible, et ne comprenant pas que, pénible, elle ne pouvait l'être que pour moi, puisque heureusement Marthe ne voyait point sa mère avec mes yeux, je lui dis :

— Vous avez tort de vous coiffer de la sorte, les cheveux lisses vous iraient mieux.

Je restai terrifié, n'ayant jamais dit pareille chose à une femme. Je pensais à la façon dont j'étais coiffé, moi.

— Vous pourrez le demander à maman (comme si elle avait besoin de se justifier !) ; d'habitude, je ne me coiffe pas si mal, mais j'étais déjà en retard et je craignais de manquer le

second train. D'ailleurs, je n'avais pas l'intention
d'ôter mon chapeau.

« Quelle fille était-ce donc, pensais-je, pour
admettre qu'un gamin la querelle à propos de ses
mèches ? »

J'essayais de deviner ses goûts en littérature ;
je fus heureux qu'elle connût Baudelaire et
Verlaine, charmé de la façon dont elle aimait
Baudelaire, qui n'était pourtant pas la mienne.
J'y discernais une révolte. Ses parents avaient
fini par admettre ses goûts. Marthe leur en
voulait que ce fût par tendresse. Son fiancé, dans
ses lettres, lui parlait de ce qu'il lisait, et s'il lui
conseillait certains livres, il lui en défendait
d'autres. Il lui avait défendu *Les Fleurs du Mal.*
Désagréablement surpris d'apprendre qu'elle
était fiancée, je me réjouis de savoir qu'elle
désobéissait à un soldat assez nigaud pour craindre Baudelaire. Je fus heureux de sentir qu'il
devait souvent choquer Marthe. Après la première surprise désagréable, je me félicitai de son
étroitesse, d'autant mieux que j'eusse craint, s'il
avait lui aussi goûté *Les Fleurs du Mal,* que leur
futur appartement ressemblât à celui de *La Mort
des Amants.* Je me demandai ensuite ce que cela
pouvait bien me faire.

Son fiancé lui avait aussi défendu les acadé-
mies de dessin. Moi qui n'y allais jamais, je lui
proposai de l'y conduire, ajoutant que j'y travaillais souvent. Mais, craignant ensuite que mon
mensonge fût découvert, je la priai de n'en point
parler à mon père. Il ignorait, dis-je, que je
manquais des cours de gymnastique pour me
rendre à la Grande-Chaumière. Car je ne voulais
pas qu'elle pût se figurer que je cachais l'académie à mes parents, parce qu'ils me défendaient
de voir des femmes nues. J'étais heureux qu'il se

fît un secret entre nous, et moi, timide, me
sentais déjà tyrannique avec elle.

J'étais fier aussi d'être préféré à la campagne,
car nous n'avions pas encore fait allusion au
décor de notre promenade. Quelquefois ses
parents l'appelaient : « Regarde, Marthe, à ta
droite, comme les coteaux de Chennevières sont
jolis », ou bien, son frère s'approchait d'elle et lui
demandait le nom d'une fleur qu'il venait de
cueillir. Elle leur accordait d'attention distraite
juste assez pour qu'ils ne se fâchassent point.

Nous nous assîmes dans les prairies d'Ormesson. Dans ma candeur, je regrettais d'avoir été si
loin, et d'avoir tellement précipité les choses.
« Après une conversation moins sentimentale,
plus naturelle, pensai-je, je pourrais éblouir Marthe, et m'attirer la bienveillance de ses parents,
en racontant le passé de ce village. » Je m'en
abstins. Je croyais avoir des raisons profondes, et
pensais qu'après tout ce qui s'était passé, une
conversation tellement en dehors de nos inquiétudes communes ne pourrait que rompre le
charme. Je croyais qu'il s'était passé des choses
graves. C'était d'ailleurs vrai, simplement, je le
sus dans la suite, parce que Marthe avait faussé
notre conversation dans le même sens que moi.
Mais moi qui ne pouvais m'en rendre compte, je
me figurais lui avoir adressé des paroles signifi-
catives. Je croyais avoir déclaré mon amour à
une personne insensible. J'oubliais que M. et
Mme Grangier eussent pu entendre sans le moindre inconvénient tout ce que j'avais dit à leur
fille ; mais, moi, aurais-je pu le lui dire en leur
présence ?

— Marthe ne m'intimide pas, me répétais-je.
Donc, seuls ses parents et mon père m'empêchent
de me pencher sur son cou, et de l'embrasser.

Profondément en moi, un autre garçon se
félicitait de ces trouble-fête. Celui-ci pensait :
— Quelle chance que je ne me trouve pas seul
avec elle ! Car je n'oserais pas davantage l'embrasser, et n'aurais aucune excuse.
Ainsi triche le timide.

Nous reprenions le train à la gare de Sucy.
Ayant une bonne demi-heure à l'attendre, nous
nous assîmes à la terrasse d'un café. Je dus subir
les compliments de Mme Grangier. Ils m'humi-
liaient. Ils rappelaient à sa fille que je n'étais
encore qu'un lycéen, qui passerait son baccalau-
réat dans un an. Marthe voulut boire de la
grenadine ; j'en commandai aussi. Le matin
encore, je me serais cru déshonoré en buvant de
la grenadine. Mon père n'y comprenait rien. Il me
laissait toujours servir des apéritifs. Je tremblai
qu'il me plaisantât sur ma sagesse. Il le fit, mais à
mots couverts, de façon que Marthe ne devinât
pas que je buvais de la grenadine pour faire
comme elle.
Arrivés à F..., nous dîmes adieu aux Grangier.
Je promis à Marthe de lui porter, le jeudi suivant,
la collection du journal *Le Mot* et *Une Saison en
enfer*.
— Encore un titre qui plairait à mon fiancé !
Elle riait.
— Voyons, Marthe ! dit, fronçant les sourcils,
sa mère qu'un tel manque de soumission choquait toujours.
Mon père et mes frères s'étaient ennuyés,
qu'importe ! Le bonheur est égoïste.

Le lendemain, au lycée, je n'éprouvai pas le besoin de raconter à René, à qui je disais tout, ma journée du dimanche. Mais je n'étais pas d'humeur à supporter qu'il me raillât de n'avoir pas embrassé Marthe en cachette. Autre chose m'étonnait ; c'est qu'aujourd'hui je trouvais René moins différent de mes camarades.

Ressentant de l'amour pour Marthe, j'en ôtais à René, à mes parents, à mes sœurs.

Je me promettais bien cet effort de volonté de ne pas venir la voir avant le jour de notre rendez-vous. Pourtant, le mardi soir, ne pouvant attendre, je sus trouver à ma faiblesse de bonnes excuses qui me permissent de porter après dîner le livre et les journaux. Dans cette impatience, Marthe verrait la preuve de mon amour, disais-je, et si elle refuse de la voir, je saurais bien l'y contraindre.

Pendant un quart d'heure, je courus comme un fou jusqu'à sa maison. Alors, craignant de la déranger pendant son repas, j'attendis, en nage, dix minutes, devant la grille. Je pensais que pendant ce temps, mes palpitations de cœur

s'arrêteraient. Elles augmentaient, au contraire.
Je manquai tourner bride, mais depuis quelques
minutes, d'une fenêtre voisine, une femme me
regardait curieusement, voulant savoir ce que je
faisais, réfugié contre cette porte. Elle me décida.
Je sonnai. J'entrai dans la maison. Je demandai à
la domestique si Madame était chez elle. Presque
aussitôt, Mme Grangier parut dans la petite pièce
où l'on m'avait introduit. Je sursautai, comme si
la domestique eût dû comprendre que j'avais
demandé « Madame » par convenance et que je
voulais voir « Mademoiselle ». Rougissant, je
priai Mme Grangier de m'excuser de la déranger à
pareille heure, comme s'il eût été une heure du
matin : ne pouvant venir jeudi j'apportais le livre
et les journaux à sa fille.

— Cela tombe à merveille, me dit Mme Grangier, car Marthe n'aurait pu vous recevoir. Son
fiancé a obtenu une permission, quinze jours plus
tôt qu'il ne pensait. Il est arrivé hier, et Marthe
dîne ce soir chez ses futurs beaux-parents.

Je m'en allai donc, et puisque je n'avais plus de
chance de la revoir jamais, croyais-je, m'efforçais
de ne plus penser à Marthe, et, par cela même, ne
pensant qu'à elle.

Pourtant, un mois après, un matin, sautant de
mon wagon à la gare de la Bastille, je la vis qui
descendait d'un autre. Elle allait choisir dans des
magasins différentes choses, en vue de son
mariage. Je lui demandai de m'accompagner
jusqu'à Henri-IV.

— Tiens, dit-elle, l'année prochaine, quand
vous serez en seconde, vous aurez mon beau-père
pour professeur de géographie.

Vexé qu'elle me parlât études, comme si
aucune autre conversation n'eût été de mon âge,

je lui répondis aigrement que ce serait assez drôle.

Elle fronça les sourcils. Je pensai à sa mère.

Nous arrivions à Henri-IV, et, ne voulant pas la quitter sur ces paroles que je croyais blessantes, je décidai d'entrer en classe une heure plus tard, après le cours de dessin. Je fus heureux qu'en cette circonstance Marthe ne montrât pas de sagesse, ne me fît aucun reproche, et, plutôt, semblât me remercier d'un tel sacrifice, en réalité nul. Je lui fus reconnaissant qu'en échange elle ne me proposât point de l'accompagner dans ses courses, mais qu'elle me donnât son temps comme je lui donnais le mien.

Nous étions maintenant dans le jardin du Luxembourg ; neuf heures sonnèrent à l'horloge du Sénat. Je renonçais au lycée. J'avais dans ma poche, par miracle, plus d'argent que n'en a d'habitude un collégien en deux ans, ayant la veille vendu mes timbres-poste les plus rares à la Bourse aux timbres, qui se tient derrière le Guignol des Champs-Elysées.

Au cours de la conversation, Marthe m'ayant appris qu'elle déjeunait chez ses beaux-parents, je décidai de la résoudre à rester avec moi. La demie de neuf heures sonnait. Marthe sursauta, point encore habituée à ce qu'on abandonnât pour elle tous ses devoirs, fussent-ils des devoirs de classe. Mais, voyant que je restais sur ma chaise de fer, elle n'eut pas le courage de me rappeler que j'aurais dû être assis sur les bancs de Henri-IV.

Nous restions immobiles. Ainsi doit être le bonheur. Un chien sauta du bassin et se secoua. Marthe se leva, comme quelqu'un qui, après la sieste, et le visage encore enduit de sommeil, secoue ses rêves. Elle faisait avec ses bras des

mouvements de gymnastique. J'en augurai mal
pour notre entente.

— Ces chaises sont trop dures, me dit-elle,
comme pour s'excuser d'être debout.

Elle portait une robe de foulard, chiffonnée
depuis qu'elle s'était assise. Je ne pus m'empêcher d'imaginer les dessins que le cannage
imprime sur la peau.

— Allons, accompagnez-moi dans les magasins, puisque vous êtes décidé à ne pas aller en
classe, dit Marthe, faisant pour la première fois
allusion à ce que je négligeais pour elle.

Je l'accompagnai dans plusieurs maisons de
lingerie, l'empêchant de commander ce qui lui
plaisait et ne me plaisait pas ; par exemple,
évitant le rose, qui m'importune, et qui était sa
couleur favorite.

Après ces premières victoires, il fallait obtenir
de Marthe qu'elle ne déjeunât pas chez ses beaux-
parents. Ne pensant pas qu'elle pouvait leur
mentir pour le simple plaisir de rester en ma
compagnie, je cherchai ce qui la déterminerait à
me suivre dans l'école buissonnière. Elle rêvait
de connaître un bar américain. Elle n'avait
jamais osé demander à son fiancé de l'y conduire.
D'ailleurs, il ignorait les bars. Je tenais mon
prétexte. A son refus, empreint d'une véritable
déception, je pensai qu'elle viendrait. Au bout
d'une demi-heure, ayant usé de tout pour la
convaincre, et n'insistant même plus, je l'accompagnai chez ses beaux-parents, dans l'état d'esprit d'un condamné à mort espérant jusqu'au
dernier moment qu'un coup de main se fera sur
la route du supplice. Je voyais s'approcher la rue,
sans que rien ne se produisît. Mais soudain,
Marthe, frappant à la vitre, arrêta le chauffeur du
taxi devant un bureau de poste.

Elle me dit :

— Attendez-moi une seconde. Je vais téléphoner à ma belle-mère que je suis dans un quartier trop éloigné pour arriver à temps.

Au bout de quelques minutes, n'en pouvant plus d'impatience, j'avisai une marchande de fleurs et je choisis une à une des roses rouges, dont je fis faire une botte. Je ne pensais pas tant au plaisir de Marthe qu'à la nécessité pour elle de mentir encore ce soir pour expliquer à ses parents d'où venaient les roses. Notre projet, lors de la première rencontre, d'aller à une académie de dessin ; le mensonge du téléphone qu'elle répéterait, ce soir, à ses parents, mensonge auquel s'ajouterait celui des roses, m'étaient des faveurs plus douces qu'un baiser. Car, ayant souvent embrassé, sans grand plaisir, des lèvres de petites filles, et oubliant que c'était parce que je ne les aimais pas, je désirais peu les lèvres de Marthe. Tandis qu'une telle complicité m'était restée, jusqu'à ce jour, inconnue.

Marthe sortait de la poste, rayonnante, après le premier mensonge. Je donnai au chauffeur l'adresse d'un bar de la rue Daunou.

Elle s'extasiait, comme une pensionnaire, sur la veste blanche du barman, la grâce avec laquelle il secouait les gobelets d'argent, les noms bizarres ou poétiques des mélanges. Elle respirait de temps en temps ses roses rouges dont elle se promettait de faire une aquarelle, qu'elle me donnerait en souvenir de cette journée. Je lui demandai de me montrer une photographie de son fiancé. Je le trouvai beau. Sentant déjà quelle importance elle attachait à mes opinions, je poussai l'hypocrisie jusqu'à lui dire qu'il était très beau, mais d'un air peu convaincu, pour lui donner à penser que je le lui disais par politesse.

Ce qui, selon moi, devait jeter le trouble dans
l'âme de Marthe, et, de plus, m'attirer sa reconnaissance.

Mais, l'après-midi, il fallut songer au motif de
son voyage. Son fiancé, dont elle savait les goûts,
s'en était remis complètement à elle du soin de
choisir leur mobilier. Mais sa mère voulait à
toute force la suivre. Marthe, enfin, en lui promettant de ne pas faire de folies, avait obtenu de
venir seule. Elle devait, ce jour-là, choisir quelques meubles pour leur chambre à coucher. Bien
que je me fusse promis de ne montrer d'extrême
plaisir ou déplaisir à aucune des paroles de
Marthe, il me fallut faire un effort pour continuer
de marcher sur le boulevard d'un pas tranquille
qui maintenant ne s'accordait plus avec le
rythme de mon cœur.

Cette obligation d'accompagner Marthe m'apparut comme une malchance. Il fallait donc
l'aider à choisir une chambre pour elle et un
autre ! Puis, j'entrevis le moyen de choisir une
chambre pour Marthe et pour moi.

J'oubliais si vite son fiancé, qu'au bout d'un
quart d'heure de marche, on m'aurait surpris en
me rappelant que, dans cette chambre, un autre
dormirait auprès d'elle.

Son fiancé goûtait le style Louis XV.

Le mauvais goût de Marthe était autre ; elle
aurait plutôt versé dans le japonais. Il me fallut
donc les combattre tous deux. C'était à qui
jouerait le plus vite. Au moindre mot de Marthe,
devinant ce qui la tentait, il me fallait lui dési-
gner le contraire, qui ne me plaisait pas toujours,
afin de me donner l'apparence de céder à ses
caprices, quand j'abandonnerais un meuble pour
un autre, qui dérangeait moins son œil.

Elle murmurait : « Lui qui voulait une chambre rose. » N'osant même plus m'avouer ses propres goûts, elle les attribuait à son fiancé. Je devinai que dans quelques jours nous les raillerions ensemble.

Pourtant je ne comprenais pas bien cette faiblesse. « Si elle ne m'aime pas, pensai-je, quelle raison a-t-elle de me céder, de sacrifier ses préférences, et celles de ce jeune homme, aux miennes ? » Je n'en trouvai aucune. La plus modeste eût été encore de me dire que Marthe m'aimait. Pourtant j'étais sûr du contraire.

Marthe m'avait dit : « Au moins laissons-lui l'étoffe rose. » — « Laissons-lui ! » Rien que pour ce mot, je me sentais près de lâcher prise. Mais « lui laisser l'étoffe rose » équivalait à tout abandonner. Je représentai à Marthe combien ces murs roses gâcheraient les meubles simples que « nous avions choisis », et, reculant encore devant le scandale, lui conseillai de faire peindre les murs de sa chambre à la chaux !

C'était le coup de grâce. Toute la journée, Marthe avait été tellement harcelée qu'elle le reçut sans révolte. Elle se contenta de me dire : « En effet, vous avez raison. »

A la fin de cette journée éreintante, je me félicitai du pas que j'avais fait. J'étais parvenu à transformer, meuble à meuble, ce mariage d'amour, ou plutôt d'amourette, en un mariage de raison, et lequel ! puisque la raison n'y tenait aucune place, chacun ne trouvant chez l'autre que les avantages qu'offre un mariage d'amour.

En me quittant, ce soir-là, au lieu d'éviter désormais mes conseils, elle m'avait prié de l'aider les jours suivants dans le choix de ses autres meubles. Je le lui promis, mais à condition qu'elle me jurât de ne jamais le dire à son fiancé, puisque la seule raison qui pût à la longue lui faire admettre ces meubles, s'il avait de l'amour pour Marthe, c'était de penser que tout sortait d'elle, de son bon plaisir, qui deviendrait le leur.

Quand je rentrai à la maison, je crus lire dans le regard de mon père qu'il avait déjà appris mon escapade. Naturellement il ne savait rien ; comment eût-il pu le savoir ?

« Bah ! Jacques s'habituera bien à cette chambre », avait dit Marthe. En me couchant, je me répétai que, si elle songeait à son mariage avant de dormir, elle devait, ce soir, l'envisager de tout autre sorte qu'elle ne l'avait fait les jours précédents. Pour moi, quelle que fût l'issue de cette idylle, j'étais, d'avance, bien vengé de son Jacques : je pensais à la nuit de noces dans cette chambre austère, dans « ma » chambre !

Le lendemain matin, je guettai dans la rue le facteur qui devait apporter une lettre d'absence. Il me la remit, je l'empochai, jetant les autres dans la boîte de notre grille. Procédé trop simple pour ne pas en user toujours.

Manquer la classe voulait dire, selon moi, que j'étais amoureux de Marthe. Je me trompais. Marthe ne m'était que le prétexte de cette école buissonnière. Et la preuve, c'est qu'après avoir goûté en compagnie de Marthe aux charmes de la liberté, je voulus y goûter seul, puis faire des adeptes. La liberté me devint vite une drogue.

L'année scolaire touchait à sa fin, et je voyais avec terreur que ma paresse allait rester impunie, alors que je souhaitais le renvoi du collège, un drame, enfin, qui clôturât cette période.

A force de vivre dans les mêmes idées, de ne voir qu'une chose, si on la veut avec ardeur, on ne remarque plus le crime de ses désirs. Certes, je ne cherchais pas à faire de la peine à mon père ; pourtant, je souhaitais la chose qui pourrait lui

en faire le plus. Les classes m'avaient toujours été
un supplice ; Marthe et la liberté avaient achevé
de me les rendre intolérables. Je me rendais bien
compte que, si j'aimais moins René, c'était simplement parce qu'il me rappelait quelque chose
du collège. Je souffrais, et cette crainte me
rendait même physiquement malade, à l'idée de
me retrouver, l'année suivante, dans la niaiserie
de mes condisciples.

Pour le malheur de René, je lui avais trop bien
fait partager mon vice. Aussi, lorsque, moins
habile que moi, il m'annonça qu'il était renvoyé
de Henri-IV, je crus l'être moi-même. Il fallait
l'apprendre à mon père car il me saurait gré de le
lui dire moi-même, avant la lettre du censeur,
lettre trop grave à subtiliser.

Nous étions un mercredi. Le lendemain, jour
de congé, j'attendis que mon père fût à Paris pour
prévenir ma mère. La perspective de quatre jours
de trouble dans son ménage l'alarma plus que la
nouvelle. Puis je partis au bord de la Marne, où
Marthe m'avait dit qu'elle me rejoindrait peut-
être. Elle n'y était pas. Ce fut une chance. Mon
amour puisant dans cette rencontre une mauvaise énergie, j'aurais pu, ensuite, lutter contre
mon père ; tandis que l'orage éclatant après une
journée de vide, de tristesse, je rentrai le front
bas, comme il convenait. Je revins chez nous un
peu après l'heure où je savais que mon père avait
coutume d'y être. Il « savait » donc. Je me promenai dans le jardin, attendant que mon père me
fît venir. Mes sœurs jouaient en silence. Elles
devinaient quelque chose. Un de mes frères, assez
excité par l'orage, me dit de me rendre dans la
chambre où mon père s'était étendu.

Des éclats de voix, des menaces, m'eussent
permis la révolte. Ce fut pire. Mon père se taisait ;

ensuite, sans aucune colère, avec une voix même plus douce que de coutume, il me dit :

— Eh bien, que comptes-tu faire maintenant ?

Les larmes qui ne pouvaient s'enfuir par mes yeux, comme un essaim d'abeilles, bourdonnaient dans ma tête. A une volonté, j'eusse pu opposer la mienne, même impuissante. Mais devant une telle douceur, je ne pensais qu'à me soumettre.

— Ce que tu m'ordonneras de faire.

— Non, ne mens pas encore. Je t'ai toujours laissé agir comme tu voulais ; continue. Sans doute auras-tu à cœur de m'en faire repentir.

Dans l'extrême jeunesse, l'on est trop enclin, comme les femmes, à croire que les larmes dédommagent de tout. Mon père ne me demandait même pas de larmes. Devant sa générosité, j'avais honte du présent et de l'avenir. Car je sentais que quoi que je lui dise, je mentirais. « Au moins que ce mensonge le réconforte, pensai-je, en attendant de lui être une source de nouvelles peines. » Ou plutôt non, je cherche encore à me mentir à moi-même. Ce que je voulais, c'était faire un travail, guère plus fatigant qu'une promenade, et qui laissât comme elle, à mon esprit, la liberté de ne pas se détacher de Marthe une minute. Je feignis de vouloir peindre et de n'avoir jamais osé le dire. Encore une fois, mon père ne dit pas non, à condition que je continuasse d'apprendre chez nous ce que j'aurais dû apprendre au collège, mais avec la liberté de peindre.

Quand des liens ne sont pas encore solides, pour perdre quelqu'un de vue, il suffit de manquer une fois un rendez-vous. A force de penser à Marthe, j'y pensai de moins en moins. Mon esprit agissait, comme nos yeux agissent avec le papier des murs de notre chambre. A force de le voir, ils ne le voient plus.

Chose incroyable! J'avais même pris goût au travail. Je n'avais pas menti comme je le craignais.

Lorsque quelque chose, venu de l'extérieur, m'obligeait à penser moins paresseusement à Marthe, j'y pensais sans amour, avec la mélancolie que l'on éprouve pour ce qui aurait pu être. « Bah! me disais-je, c'eût été trop beau. On ne peut à la fois choisir le lit et coucher dedans. »

Une chose étonnait mon père. La lettre du censeur n'arrivait pas. Il me fit à ce sujet sa première scène, croyant que j'avais soustrait la lettre, que j'avais feint ensuite de lui annoncer gratuitement la nouvelle, que j'avais ainsi obtenu son indulgence. En réalité, cette lettre n'existait pas. Je me croyais renvoyé du collège, mais je me trompais. Aussi, mon père ne comprit-il rien lorsqu'au début des vacances, nous reçûmes une lettre du proviseur.

Il demandait si j'étais malade et s'il fallait m'inscrire pour l'année suivante.

La joie de donner enfin satisfaction à mon père comblait un peu le vide sentimental dans lequel je me trouvais, car, si je croyais ne plus aimer Marthe, je la considérais du moins comme le seul amour qui eût été digne de moi. C'est dire que je l'aimais encore.

J'étais dans ces dispositions de cœur quand, à la fin de novembre, un mois après avoir reçu une lettre de faire part de son mariage, je trouvai, en rentrant chez nous, une invitation de Marthe qui commençait par ces lignes : « Je ne comprends rien à votre silence. Pourquoi ne venez-vous pas me voir ? Sans doute avez-vous oublié que vous avez choisi mes meubles ?... »

Marthe habitait J...; sa rue descendait jusqu'à la Marne. Chaque trottoir réunissait au plus une douzaine de villas. Je m'étonnai que la sienne fût si grande. En réalité Marthe habitait seulement le haut, les propriétaires et un vieux ménage se partageant le bas.

Quand j'arrivai pour goûter, il faisait déjà nuit. Seule une fenêtre, à défaut d'une présence humaine, révélait celle du feu. A voir cette fenêtre illuminée par des flammes inégales, comme des

vagues, je crus à un commencement d'incendie.
La porte de fer du jardin était entrouverte. Je
m'étonnai d'une semblable négligence. Je cherchai la sonnette : je ne la trouvai point. Enfin,
gravissant les trois marches du perron, je me
décidai à frapper contre les vitres du rez-de-
chaussée de droite, derrière lesquelles j'entendais
des voix. Une vieille femme ouvrit la porte : je lui
demandai où demeurait Mme Lacombe, (tel était
le nouveau nom de Marthe) : « C'est au-dessus. »
Je montai l'escalier dans le noir, trébuchant, me
cognant, et mourant de crainte qu'il fût arrivé
quelque malheur. Je frappai. C'est Marthe qui
vint m'ouvrir. Je faillis lui sauter au cou, comme
les gens qui se connaissent à peine, après avoir
échappé au naufrage. Elle n'y eût rien compris.
Sans doute me trouva-t-elle l'air égaré, car, avant
toute chose, je lui demandai pourquoi « il y avait
le feu ».

— C'est qu'en vous attendant j'avais fait dans
la cheminée du salon un feu de bois d'olivier, à la
lueur duquel je lisais.

En entrant dans la petite chambre qui lui
servait de salon, peu encombrée de meubles, et
que les tentures, les gros tapis doux comme un
poil de bête, rétrécissaient jusqu'à lui donner
l'aspect d'une boîte, je fus à la fois heureux et
malheureux comme un dramaturge qui voyant sa
pièce y découvre trop tard des fautes.

Marthe s'était de nouveau étendue le long de la
cheminée, tisonnant la braise, et prenant garde à
ne pas mêler quelque parcelle noire aux cendres.

— Vous n'aimez peut-être pas l'odeur de l'olivier ? Ce sont mes beaux-parents qui en ont fait
venir pour moi une provision de leur propriété du
Midi.

Marthe semblait s'excuser d'un détail de son cru, dans cette chambre qui était mon œuvre. Peut-être cet élément détruisait-il un tout, qu'elle comprenait mal.

Au contraire. Ce feu me ravit, et aussi de voir qu'elle attendait comme moi de se sentir brûlante d'un côté, pour se retourner de l'autre. Son visage calme et sérieux ne m'avait jamais paru plus beau que dans cette lumière sauvage. A ne pas se répandre dans la pièce, cette lumière gardait toute sa force. Dès qu'on s'en éloignait, il faisait nuit, et on se cognait aux meubles.

. Marthe ignorait ce que c'est que d'être mutine. Dans son enjouement, elle restait grave.

Mon esprit s'engourdissait peu à peu auprès d'elle, je la trouvai différente. C'est que, maintenant que j'étais sûr de ne plus l'aimer, je commençais à l'aimer. Je me sentais incapable de calculs, de machinations, de tout ce dont, jusqu'alors, et encore à ce moment-là, je croyais que l'amour ne peut se passer. Tout à coup, je me sentais meilleur. Ce brusque changement aurait ouvert les yeux de tout autre : je ne vis pas que j'étais amoureux de Marthe. Au contraire, j'y vis la preuve que mon amour était mort, et qu'une belle amitié le remplaçait. Cette longue perspective d'amitié me fit admettre soudain combien un autre sentiment eût été criminel, lésant un homme qui l'aimait, à qui elle devait appartenir, et qui ne pouvait la voir.

Pourtant, autre chose m'aurait dû renseigner sur mes véritables sentiments. Il y a quelques mois, quand je rencontrais Marthe, mon prétendu amour ne m'empêchait pas de la juger, de trouver laides la plupart des choses qu'elle trouvait belles, la plupart des choses qu'elle disait, enfantines. Aujourd'hui, si je ne pensais pas comme elle, je me donnais tort. Après la grossiè- reté de mes premiers désirs, c'était la douceur d'un sentiment plus profond qui me trompait. Je ne me sentais plus capable de rien entreprendre de ce que je m'étais promis. Je commençais à respecter Marthe, parce que je commençais à l'aimer.

Je revins tous les soirs ; je ne pensai même pas à la prier de me montrer sa chambre, encore moins à lui demander comment Jacques trouvait nos meubles. Je ne souhaitais rien d'autre que ces fiançailles éternelles, nos corps étendus près de la cheminée, se touchant l'un l'autre, et moi, n'osant bouger, de peur qu'un seul de mes gestes suffît à chasser le bonheur.

Mais Marthe, qui goûtait le même charme, croyait le goûter seule. Dans ma paresse heu- reuse, elle lut de l'indifférence. Pensant que je ne l'aimais pas, elle s'imagina que je me lasserais vite de ce salon silencieux, si elle ne faisait rien pour m'attacher à elle.

Nous nous taisions. J'y voyais une preuve du bonheur.

Je me sentais tellement près de Marthe, avec la certitude que nous pensions en même temps aux mêmes choses, que lui parler m'eût semblé absurde, comme de parler haut quand on est seul. Ce silence accablait la pauvre petite. La sagesse eût été de me servir de moyens de correspondre aussi grossiers que la parole ou le geste, tout en déplorant qu'il n'en existât point de plus subtils.

A me voir tous les jours m'enfoncer de plus en plus dans ce mutisme délicieux, Marthe se figura que je m'ennuyais de plus en plus. Elle se sentait prête à tout pour me distraire.

Sa chevelure dénouée, elle aimait dormir près du feu. Ou plutôt je croyais qu'elle dormait. Son sommeil lui était prétexte, pour mettre ses bras autour de mon cou, et une fois réveillée, les yeux humides, me dire qu'elle venait d'avoir un rêve triste. Elle ne voulait jamais me le raconter. Je profitais de son faux sommeil pour respirer ses cheveux, son cou, ses joues brûlantes, et en les effleurant à peine pour qu'elle ne se réveillât point ; toutes caresses qui ne sont pas, comme on croit, la menue monnaie de l'amour, mais, au contraire, la plus rare, et auxquelles seule la passion puisse recourir. Moi, je les croyais permises à mon amitié. Pourtant, je commençai à me désespérer sérieusement de ce que seul l'amour nous donnât des droits sur une femme. Je me passerai bien de l'amour, pensai-je, mais jamais de n'avoir aucun droit sur Marthe. Et, pour en avoir, j'étais même décidé à l'amour, tout en croyant le déplorer. Je désirais Marthe et ne le comprenais pas.

Quand elle dormait ainsi, sa tête appuyée contre un de mes bras, je me penchais sur elle pour voir son visage entouré de flammes. C'était jouer avec le feu. Un jour que je m'approchais trop sans pourtant que mon visage touchât le sien, je fus comme l'aiguille qui dépasse d'un millimètre la zone interdite et appartient à l'aimant. Est-ce la faute de l'aimant ou de l'aiguille ? C'est ainsi que je sentis mes lèvres contre les siennes. Elle fermait encore les yeux, mais visiblement comme quelqu'un qui ne dort pas. Je l'embrassai, stupéfait de mon audace, alors qu'en réalité c'était elle qui, lorsque j'approchais de

son visage, avait attiré ma tête contre sa bouche.
Ses deux mains s'accrochaient à mon cou ; elles
ne se seraient pas accrochées plus furieusement
dans un naufrage. Et je ne comprenais pas si elle
voulait que je la sauve, ou bien que je me noie
avec elle.

Maintenant elle s'était assise, elle tenait ma
tête sur ses genoux, caressant mes cheveux, et me
répétant très doucement : « Il faut que tu t'en
ailles, il ne faut plus jamais revenir. » Je n'osais
pas la tutoyer ; lorsque je ne pouvais plus me
taire, je cherchais longuement mes mots,
construisant mes phrases de façon à ne pas lui
parler directement, car si je ne pouvais pas la
tutoyer, je sentais combien il était encore plus
impossible de lui dire vous. Mes larmes me
brûlaient. S'il en tombait une sur la main de
Marthe, je m'attendais toujours à l'entendre
pousser un cri. Je m'accusai d'avoir rompu le
charme, me disant qu'en effet j'avais été fou de
poser mes lèvres contre les siennes, oubliant que
c'était elle qui m'avait embrassé. « Il faut que tu
t'en ailles, ne plus jamais revenir. » Mes larmes
de rage se mêlaient à mes larmes de peine. Ainsi
la fureur du loup pris lui fait autant de mal que le
piège. Si j'avais parlé, ç'aurait été pour injurier
Marthe. Mon silence l'inquiéta ; elle y voyait de la
résignation. « Puisqu'il est trop tard, la faisais-je
penser, dans mon injustice peut-être clair-
voyante, après tout, j'aime autant qu'il souffre. »
Dans ce feu, je grelottais, je claquais des dents. A
ma véritable peine qui me sortait de l'enfance,
s'ajoutaient des sentiments enfantins. J'étais le
spectateur qui ne veut pas s'en aller parce que le
dénouement lui déplaît. Je lui dis : « Je ne m'en
irai pas. Vous vous êtes moquée de moi. Je ne
veux plus vous voir. »

Car si je ne voulais pas rentrer chez mes
parents, je ne voulais pas non plus revoir Marthe.
Je l'aurais plutôt chassée de chez elle !

Mais elle sanglotait : « Tu es un enfant. Tu ne
comprends donc pas que si je te demande de t'en
aller, c'est que je t'aime. »

Haineusement, je lui dis que je comprenais fort
bien qu'elle avait des devoirs et que son mari
était à la guerre.

Elle secouait la tête : « Avant toi, j'étais heureuse, je croyais aimer mon fiancé. Je lui pardonnais de ne pas bien me comprendre. C'est toi qui
m'as montré que je ne l'aimais pas. Mon devoir
n'est pas celui que tu penses. Ce n'est pas de ne
pas mentir à mon mari, mais de ne pas te mentir.
Va-t'en et ne me crois pas méchante ; bientôt tu
m'auras oubliée. Mais je ne veux pas causer le
malheur de ta vie. Je pleure, parce que je suis
trop vieille pour toi ! »

Ce mot d'amour était sublime d'enfantillage. Et, quelles que soient les passions que
j'éprouve dans la suite, jamais ne sera plus
possible l'émotion adorable de voir une fille de
dix-neuf ans pleurer parce qu'elle se trouve trop
vieille.

La saveur du premier baiser m'avait déçu
comme un fruit que l'on goûte pour la première
fois. Ce n'est pas dans la nouveauté, c'est dans
l'habitude que nous trouvons les plus grands
plaisirs. Quelques minutes après, non seulement
j'étais habitué à la bouche de Marthe, mais
encore je ne pouvais plus m'en passer. Et
c'est alors qu'elle parlait de m'en priver à tout
jamais.

Ce soir-là, Marthe me reconduisit jusqu'à la

maison. Pour me sentir plus près d'elle je me
blottissais sous cape, et je la tenais par la taille.
Elle ne disait plus qu'il ne fallait pas nous revoir ;
au contraire, elle était triste à la pensée que nous
allions nous quitter dans quelques instants. Elle
me faisait lui jurer mille folies.

Devant la maison de mes parents, je ne voulus
pas laisser Marthe repartir seule, et l'accompagnai jusque chez elle. Sans doute ces enfantillages n'eussent-ils jamais pris fin, car elle voulait
m'accompagner encore. J'acceptai, à condition
qu'elle me laisserait à moitié route.

J'arrivai une demi-heure en retard pour le
dîner. C'était la première fois. Je mis ce retard
sur le compte du train. Mon père fit semblant de
le croire.

Plus rien ne me pesait. Dans la rue, je marchais
aussi légèrement que dans mes rêves.

Jusqu'ici tout ce que j'avais convoité, enfant, il
en avait fallu faire mon deuil. D'autre part, la
reconnaissance me gâtait les jouets offerts. Quel
prestige aurait pour un enfant un jouet qui se
donne lui-même ! J'étais ivre de passion. Marthe
était à moi ; ce n'est pas moi qui l'avais dit,
c'était elle. Je pouvais toucher sa figure, embrasser ses yeux, ses bras, l'habiller, l'abîmer, à ma
guise. Dans mon délire, je la mordais aux
endroits où sa peau était nue, pour que sa mère la
soupçonnât d'avoir un amant. J'aurais voulu
pouvoir y marquer mes initiales. Ma sauvagerie
d'enfant retrouvait le vieux sens des tatouages.
Marthe disait : « Oui, mords-moi, marque-moi,
je voudrais que tout le monde sache. »

J'aurais voulu pouvoir embrasser ses seins. Je
n'osais pas le lui demander, pensant qu'elle

saurait les offrir elle-même, comme ses lèvres. Au bout de quelques jours, l'habitude d'avoir ses lèvres étant venue, je n'envisageai pas d'autre délice.

Nous lisions ensemble à la lueur du feu. Elle y jetait souvent des lettres que son mari lui envoyait, chaque jour, du front. A leur inquiétude, on devinait que celles de Marthe se faisaient de moins en moins tendres et de plus en plus rares. Je ne voyais pas flamber ces lettres sans malaise. Elles grandissaient une seconde le feu et, somme toute, j'avais peur de voir plus clair.

Marthe, qui souvent maintenant me demandait s'il était vrai que je l'avais aimée dès notre première rencontre, me reprochait de ne le lui avoir pas dit avant son mariage. Elle ne se serait pas mariée, prétendait-elle ; car, si elle avait éprouvé pour Jacques une sorte d'amour au début de leurs fiançailles, celles-ci, trop longues, par la faute de la guerre, avaient peu à peu effacé l'amour de son cœur. Elle n'aimait déjà plus Jacques quand elle l'épousa. Elle espérait que ces quinze jours de permission accordés à Jacques transformeraient peut-être ses sentiments.

Il fut malhabile. Celui qui aime agace toujours celui qui n'aime pas. Et Jacques l'aimait toujours davantage. Ses lettres étaient de quelqu'un qui souffre, mais plaçant trop haut sa Marthe pour la croire capable de trahison. Aussi n'accusait-il que lui, la suppliant seulement de lui expliquer quel mal il avait pu lui faire : « Je me trouve si grossier à côté de toi, je sens que chacune de mes paroles te blesse. » Marthe lui répondait seulement qu'il se trompait, qu'elle ne lui reprochait rien.

Nous étions alors au début de mars. Le printemps était précoce. Les jours où elle ne m'accompagnait pas à Paris, Marthe, nue sous un peignoir, attendait que je revinsse de mes cours de dessin, étendue devant la cheminée où brûlait toujours l'olivier de ses beaux-parents. Elle leur avait demandé de renouveler sa provision. Je ne sais quelle timidité, si ce n'est celle que l'on éprouve en face de ce qu'on n'a jamais fait, me retenait. Je pensais à Daphnis. Ici c'est Chloé qui avait reçu quelques leçons, et Daphnis n'osait lui demander de les lui apprendre. Au fait, ne considérais-je pas Marthe plutôt comme une vierge, livrée, la première quinzaine de ses noces, à un inconnu et plusieurs fois prise par lui de force.

Le soir, seul dans mon lit, j'appelais Marthe, m'en voulant, moi qui me croyais un homme, de ne l'être pas assez pour finir d'en faire ma maîtresse. Chaque jour, allant chez elle, je me promettais de ne pas sortir qu'elle ne le fût.

Le jour de l'anniversaire de mes seize ans, au mois de mars 1918, tout en me suppliant de ne pas me fâcher, elle me fit cadeau d'un peignoir, semblable au sien, qu'elle voulait me voir mettre chez elle. Dans ma joie, je faillis faire un calembour, moi qui n'en faisais jamais. Ma robe prétexte ! Car il me semblait que ce qui jusqu'ici avait entravé mes désirs, c'était la peur du ridicule, de me sentir habillé, lorsqu'elle ne l'était pas. D'abord je pensai à mettre cette robe le jour même. Puis, je rougis, comprenant ce que son cadeau contenait de reproches.

Dès le début de notre amour, Marthe m'avait donné une clef de son appartement, afin que je n'eusse pas à l'attendre dans le jardin, si, par hasard, elle était en ville. Je pouvais me servir moins innocemment de cette clef. Nous étions un samedi. Je quittai Marthe en lui promettant de venir déjeuner le lendemain avec elle. Mais j'étais décidé à revenir le soir aussitôt que possible.

A dîner, j'annonçai à mes parents que j'entreprendrais le lendemain avec René une longue promenade dans la forêt de Sénart. Je devais pour cela partir à cinq heures du matin. Comme toute la maison dormirait encore, personne ne pourrait deviner l'heure à laquelle j'étais parti, et si j'avais découché.

A peine avais-je fait part de ce projet à ma mère, qu'elle voulut préparer elle-même un panier rempli de provisions, pour la route. J'étais consterné, ce panier détruisait tout le romanesque et le sublime de mon acte. Moi qui goûtais d'avance l'effroi de Marthe quand j'entrerais dans sa chambre, je pensais maintenant à ses éclats de rire en voyant paraître ce prince Charmant, un panier de ménagère à son bras. J'eus

beau dire à ma mère que René s'était muni de
tout, elle ne voulut rien entendre. Résister davantage, c'était éveiller les soupçons.

Ce qui fait le malheur des uns causerait le
bonheur des autres. Tandis que ma mère emplis-
sait le panier qui me gâtait d'avance ma première nuit d'amour, je voyais les yeux pleins de
convoitise de mes frères. Je pensai bien à le leur
offrir en cachette, mais une fois tout mangé, au
risque de se faire fouetter, et pour le plaisir de me
perdre, ils eussent tout raconté.

Il fallait donc me résigner, puisque nulle
cachette ne semblait assez sûre.

Je m'étais juré de ne pas partir avant minuit
pour être sûr que mes parents dormissent. J'essayai de lire. Mais comme dix heures sonnaient à
la mairie, et que mes parents étaient couchés
depuis quelque temps déjà, je ne pus attendre. Ils
habitaient au premier étage, moi au rez-de-
chaussée. Je n'avais pas mis mes bottines afin
d'escalader le mur le plus silencieusement possible. Les tenant d'une main, tenant de l'autre ce
panier fragile à cause des bouteilles, j'ouvris avec
précaution une petite porte d'office. Il pleuvait.
Tant mieux ! la pluie couvrirait le bruit. Aperce-
vant que la lumière n'était pas encore éteinte
dans la chambre de mes parents, je fus sur le
point de me recoucher. Mais j'étais en route. Déjà
la précaution des bottines était impossible ; à
cause de la pluie je dus les remettre. Ensuite, il
me fallait escalader le mur pour ne point ébran-
ler la cloche de la grille. Je m'approchai du mur,
contre lequel j'avais pris soin, après le dîner, de
poser une chaise de jardin pour faciliter mon
évasion. Ce mur était garni de tuiles à son faîte.
La pluie les rendait glissantes. Comme je m'y
suspendais, l'une d'elles tomba. Mon angoisse

décupla le bruit de sa chute. Il fallait maintenant sauter dans la rue. Je tenais le panier avec mes dents ; je tombai dans une flaque. Une longue minute, je restai debout, les yeux levés vers la fenêtre de mes parents, pour voir s'ils bougeaient, s'étant aperçu de quelque chose. La fenêtre resta vide. J'étais sauf !

Pour me rendre jusque chez Marthe, je suivis la Marne. Je comptais cacher mon panier dans un buisson et le reprendre le lendemain. La guerre rendait cette chose dangereuse. En effet, au seul endroit où il y eut des buissons et où il était possible de cacher le panier, se tenait une sentinelle, gardant le pont de J... J'hésitai longtemps, plus pâle qu'un homme qui pose une cartouche de dynamite. Je cachai tout de même mes victuailles.

La grille de Marthe était fermée. Je pris la clef qu'on laissait toujours dans la boîte aux lettres. Je traversai le petit jardin sur la pointe des pieds, puis montai les marches du perron. J'ôtai encore mes bottines avant de prendre l'escalier.

Marthe était si nerveuse ! Peut-être s'évanouirait-elle en me voyant dans sa chambre. Je tremblai ; je ne trouvai pas le trou de la serrure. Enfin je tournai la clef lentement, afin de ne réveiller personne. Je butai dans l'antichambre contre le porte-parapluies. Je craignais de prendre les sonnettes pour des commutateurs. J'allai à tâtons jusqu'à la chambre. Je m'arrêtai avec, encore, l'envie de fuir. Peut-être Marthe ne me pardonnerait jamais. Ou bien si j'allais tout à coup apprendre qu'elle me trompe, et la trouver avec un homme !

J'ouvris. Je murmurai :

— Marthe ?

Elle répondit :

— Plutôt que de me faire une peur pareille, tu aurais bien pu ne venir que demain matin. Tu as donc ta permission huit jours plus tôt ?

Elle me prenait pour Jacques !

Or, si je voyais de quelle façon elle l'eût accueilli, j'apprenais du même coup qu'elle me cachait déjà quelque chose. Jacques devait donc venir dans huit jours !

J'allumai. Elle restait tournée contre le mur. Il était simple de dire : « C'est moi », et pourtant, je ne le disais pas. Je l'embrassai dans le cou.

— Ta figure est toute mouillée. Essuie-toi donc.

Alors, elle se retourna et poussa un cri.

D'une seconde à l'autre, elle changea d'attitude et, sans prendre la peine de s'expliquer ma présence nocturne :

— Mais mon pauvre chéri, tu vas prendre mal ! Déshabille-toi vite.

Elle courut ranimer le feu dans le salon. A son retour dans la chambre, comme je ne bougeais pas, elle dit :

— Veux-tu que je t'aide ?

Moi qui redoutais par-dessus tout le moment où je devrais me déshabiller et qui en envisageais le ridicule, je bénissais la pluie grâce à quoi ce déshabillage prenait un sens maternel. Mais Marthe repartait, revenait, repartait dans la cuisine, pour voir si l'eau de mon grog était chaude. Enfin elle me trouva nu sur le lit, me cachant à moitié sous l'édredon. Elle me gronda : C'était fou de rester nu ; il fallait me frictionner à l'eau de Cologne.

Puis Marthe ouvrit une armoire et me jeta un costume de nuit. « Il devait être de ma taille. » Un costume de Jacques ! Et je pensais à l'arrivée, fort possible, de ce soldat, puisque Marthe y avait cru.

J'étais dans le lit. Marthe m'y rejoignit. Je lui demandai d'éteindre. Car, même en ses bras, je me méfiais de ma timidité. Les ténèbres me donneraient du courage. Marthe me répondit doucement :

— Non. Je veux te voir t'endormir.

A cette parole pleine de grâce, je sentis quelque gêne. J'y voyais la touchante douceur de cette femme qui risquait tout pour devenir ma maî-tresse et, ne pouvant deviner ma timidité mala-dive, admettait que je m'endormisse auprès d'elle. Depuis quatre mois je disais l'aimer, et ne lui en donnais pas cette preuve dont les hommes sont si prodigues et qui souvent leur tient lieu d'amour. J'éteignis de force.

Je me retrouvai avec le trouble de tout à l'heure, avant d'entrer chez Marthe. Mais comme l'attente devant la porte, celle devant l'amour ne pouvait être bien longue. Du reste, mon imagina-tion se promettait de telles voluptés qu'elle n'ar-rivait plus à les concevoir. Pour la première fois aussi, je redoutai de ressembler au mari et de laisser à Marthe un mauvais souvenir de nos premiers moments d'amour.

Elle fut donc plus heureuse que moi. Mais la minute où nous nous désenlaçâmes, et ses yeux admirables, valaient bien mon malaise.

Son visage s'était transfiguré. Je m'étonnai même de ne pas pouvoir toucher l'auréole qui entourait vraiment sa figure, comme dans les tableaux religieux.

Soulagé de mes craintes, il m'en venait d'au-tres.

C'est que, comprenant enfin la puissance des gestes que ma timidité n'avait osés jusqu'alors, je tremblais que Marthe appartînt à son mari plus qu'elle ne voulait le prétendre.

Comme il m'est impossible de comprendre ce que je goûte la première fois, je devais connaître ces jouissances de l'amour chaque jour davantage.

En attendant, le faux plaisir m'apportait une vraie douleur d'homme : la jalousie.

J'en voulais à Marthe, parce que je comprenais, à son visage reconnaissant, tout ce que valent les liens de la chair. Je maudissais l'homme qui avait avant moi éveillé son corps. Je considérai ma sottise d'avoir vu en Marthe une vierge. A toute autre époque, souhaiter la mort de son mari, c'eût été chimère enfantine, mais ce vœu devenait presque aussi criminel que si j'eusse tué. Je devais à la guerre mon bonheur naissant ; j'en attendais l'apothéose. J'espérais qu'elle servirait ma haine comme un anonyme commet le crime à notre place.

Maintenant, nous pleurons ensemble ; c'est la faute du bonheur. Marthe me reproche de n'avoir pas empêché son mariage. « Mais alors, serais-je dans ce lit choisi par moi ? Elle vivrait chez ses parents ; nous ne pourrions nous voir. Elle n'aurait jamais appartenu à Jacques, mais elle ne m'appartiendrait pas. Sans lui, et ne pouvant comparer, peut-être regretterait-elle encore, espérant mieux. Je ne hais pas Jacques. Je hais la certitude de tout devoir à cet homme que nous trompons. Mais j'aime trop Marthe pour trouver notre bonheur criminel. »

Nous pleurons ensemble de n'être que des enfants, disposant de peu. Enlever Marthe ! Comme elle n'appartient à personne, qu'à moi, ce serait me l'enlever, puisqu'on nous séparerait. Déjà nous envisageons la fin de la guerre, qui sera

celle de notre amour. Nous le savons, Marthe a
beau me jurer qu'elle quittera tout, qu'elle me
suivra, je ne suis pas d'une nature portée à la
révolte, et, me mettant à la place de Marthe, je
n'imagine pas cette folle rupture. Marthe m'explique pourquoi elle se trouvait trop vieille. Dans
quinze ans, la vie ne fera encore que commencer
pour moi, des femmes m'aimeront, qui auront
l'âge qu'elle a. « Je ne pourrais que souffrir,
ajoute-t-elle. Si tu me quittes, j'en mourrai. Si tu
restes, ce sera par faiblesse, et je souffrirai de te
voir sacrifier ton bonheur. »

Malgré mon indignation, je m'en voulais de ne
point paraître assez convaincu du contraire. Mais
Marthe ne demandait qu'à l'être, et mes plus
mauvaises raisons lui semblaient bonnes. Elle
répondait : « Oui, je n'ai pas pensé à cela. Je sens
bien que tu ne mens pas. » Moi, devant les
craintes de Marthe, je sentais ma confiance
moins solide. Alors mes consolations étaient molles. J'avais l'air de ne la détromper que par
politesse. Je lui disais : « Mais non, mais non, tu
es folle. » Hélas ! j'étais trop sensible à la jeunesse pour ne pas envisager que je me détache-
rais de Marthe, le jour où sa jeunesse se fanerait,
et que s'épanouirait la mienne.

Bien que mon amour me parût avoir atteint sa
forme définitive, il était à l'état d'ébauche. Il
faiblissait au moindre obstacle.

Donc, les folies que cette nuit-là firent nos
âmes, nous fatiguèrent davantage que celles de
notre chair. Les unes semblaient nous reposer des
autres ; en réalité, elles nous achevaient. Les
coqs, plus nombreux, chantaient. Ils avaient
chanté toute la nuit. Je m'aperçus de ce mensonge poétique : les coqs chantent au lever du

soleil. Ce n'était pas extraordinaire. Mon âge
ignorait l'insomnie. Mais Marthe le remarqua
aussi, avec tant de surprise, que ce ne pouvait
être que la première fois. Elle ne put comprendre
la force avec laquelle je la serrai contre moi,
car sa surprise me donnait la preuve qu'elle
n'avait pas encore passé une nuit blanche avec
Jacques.

Mes transes me faisaient prendre notre amour
pour un amour exceptionnel. Nous croyons être
les premiers à ressentir certains troubles, ne
sachant pas que l'amour est comme la poésie, et
que tous les amants, même les plus médiocres,
s'imaginent qu'ils innovent. Disais-je à Marthe
(sans y croire d'ailleurs), mais pour lui faire
penser que je partageais ses inquiétudes : « Tu
me délaisseras, d'autres hommes te plairont »,
elle m'affirmait être sûre d'elle. Moi, de mon
côté, je me persuadais peu à peu que je lui
resterais, même quand elle serait moins jeune,
ma paresse finissant par faire dépendre notre
éternel bonheur de son énergie.

Le sommeil nous avait surpris dans notre
nudité. A mon réveil, la voyant découverte, je
craignis qu'elle n'eût froid. Je tâtai son corps. Il
était brûlant. La voir dormir me procurait une
volupté sans égale. Au bout de dix minutes, cette
volupté me parut insupportable. J'embrassai
Marthe sur l'épaule. Elle ne s'éveilla pas. Un
second baiser, moins chaste, agit avec la violence
d'un réveille-matin. Elle sursauta, et, se frottant
les yeux, me couvrit de baisers, comme quelqu'un qu'on aime et qu'on retrouve dans son lit
après avoir rêvé qu'il est mort. Elle, au contraire,
avait cru rêver ce qui était vrai, et me retrouvait
au réveil.

Il était déjà onze heures. Nous buvions notre

chocolat, quand nous entendîmes la sonnette. Je
pensai à Jacques : « Pourvu qu'il ait une arme. »
Moi qui avais si peur de la mort, je ne tremblais
pas. Au contraire, j'aurais accepté que ce fût
Jacques, à condition qu'il nous tuât. Toute autre
solution me semblait ridicule.

Envisager la mort avec calme ne compte que si
nous l'envisageons seul. La mort à deux n'est plus
la mort, même pour les incrédules. Ce qui cha-
grine, ce n'est pas de quitter la vie, mais de
quitter ce qui lui donne un sens. Lorsqu'un
amour est notre vie, quelle différence y a-t-il
entre vivre ensemble ou mourir ensemble ?

Je n'eus pas le temps de me croire un héros,
car, pensant que peut-être Jacques ne tuerait que
Marthe, ou moi, je mesurai mon égoïsme. Savais-
je même, de ces deux drames, lequel était le
pire ?

Comme Marthe ne bougeait pas, je crus m'être
trompé, et qu'on avait sonné chez les propriétaires. Mais la sonnette retentit de nouveau.

— Tais-toi, ne bouge pas ! murmura-t-elle, ce
doit être ma mère. J'avais complètement oublié
qu'elle passerait après la messe.

J'étais heureux d'être témoin d'un de ses sacri-
fices. Dès qu'une maîtresse, un ami, sont en
retard de quelques minutes à un rendez-vous, je
les vois morts. Attribuant cette forme d'angoisse
à sa mère, je savourais sa crainte, et que ce fût
par ma faute qu'elle l'éprouvât.

Nous entendîmes la grille du jardin se refer-
mer, après un conciliabule (évidemment,
Mme Grangier demandait au rez-de-chaussée si
on avait vu ce matin sa fille). Marthe regarda
derrière les volets et me dit : « C'était bien elle. »
Je ne pus résister au plaisir de voir, moi aussi,

Mme Grangier repartant, son livre de messe à la main, inquiète de l'absence incompréhensible de sa fille. Elle se retourna encore vers les volets clos.

Maintenant qu'il ne me restait plus rien à désirer, je me sentais devenir injuste. Je m'affectais de ce que Marthe pût mentir sans scrupule à sa mère, et ma mauvaise foi lui reprochait de pouvoir mentir. Pourtant l'amour, qui est l'égoïsme à deux, sacrifie tout à soi, et vit de mensonges. Poussé par le même démon, je lui fis encore le reproche de m'avoir caché l'arrivée de son mari. Jusqu'alors j'avais maté mon despotisme, ne me sentant pas le droit de régner sur Marthe. Ma dureté avait des accalmies. Je gémissais : « Bientôt tu me prendras en horreur. Je suis comme ton mari, aussi brutal. » « Il n'est pas brutal », disait-elle. Je reprenais de plus belle : « Alors, tu nous trompes tous les deux, dis-moi que tu l'aimes, sois contente : dans huit jours tu pourras me tromper avec lui. »

Elle se mordait les lèvres, pleurait : « Qu'ai-je donc fait qui te rende aussi méchant ? Je t'en supplie, n'abîme pas notre premier jour de bonheur. »

— Il faut que tu m'aimes bien peu pour qu'aujourd'hui soit ton premier jour de bonheur.

Ces sortes de coups blessent celui qui les porte. Je ne pensais rien de ce que je disais, et pourtant j'éprouvais le besoin de le dire. Il m'était impossible d'expliquer à Marthe que mon amour grandissait. Sans doute atteignait-il l'âge ingrat, et cette taquinerie féroce, c'était la mue de l'amour devenant passion. Je souffrais. Je suppliai Marthe d'oublier mes attaques.

La bonne des propriétaires glissa des lettres sous la porte. Marthe les prit. Il y en avait deux de Jacques. Comme réponse à mes doutes : « Fais-en, dit-elle, ce que bon te semble. » J'eus honte. Je lui demandai de les lire, mais de les garder pour elle. Marthe, par un de ces réflexes qui nous poussent aux pires bravades, déchira une des enveloppes. Difficile à déchirer, la lettre devait être longue. Son geste devint une nouvelle occasion de reproches. Je détestais cette bravade, le remords qu'elle ne manquerait pas d'en ressentir. Je fis, malgré tout, un effort et, voulant qu'elle ne déchirât point la seconde lettre, je gardai pour moi que d'après cette scène il était impossible que Marthe ne fût pas méchante. Sur ma demande, elle la lut. Un réflexe pouvait lui faire déchirer la première lettre, mais non lui faire dire, après avoir parcouru la seconde : « Le Ciel nous récompense de n'avoir pas déchiré la lettre. Jacques m'y annonce que les permissions viennent d'être suspendues dans son secteur, il ne viendra pas avant un mois. »

L'amour seul excuse de telles fautes de goût.

Ce mari commençait à me gêner, plus que s'il avait été là et que s'il avait fallu prendre garde.

Une lettre de lui prenait soudain l'importance d'un spectre. Nous déjeunâmes tard. Vers cinq heures, nous allâmes nous promener au bord de l'eau. Marthe resta stupéfaite lorsque d'une touffe d'herbes je sortis mon panier, sous l'œil de la sentinelle. L'histoire du panier l'amusa bien. Je n'en craignais plus le grotesque. Nous marchions, sans nous rendre compte de l'indécence de notre tenue, nos corps collés l'un contre l'autre. Nos doigts s'enlaçaient. Ce premier dimanche de soleil avait fait pousser les promeneurs à chapeau de paille, comme la pluie les champignons. Les gens qui connaissaient Marthe n'osaient pas lui dire bonjour; mais elle, ne se rendant compte de rien, leur disait bonjour sans malice. Ils durent y voir une fanfaronnade. Elle m'interrogeait pour savoir comment je m'étais enfui de la maison. Elle riait, puis sa figure s'assombrissait; alors elle me remerciait, en me serrant les doigts de toutes ses forces, d'avoir couru tant de risques. Nous repassâmes chez elle, pour y déposer le panier. A vrai dire, j'entrevis pour ce panier, sous forme d'envoi aux armées, une fin digne de ces aventures. Mais cette fin était si choquante que je la gardai pour moi.

Marthe voulait suivre la Marne jusqu'à La Varenne. Nous dînerions en face de l'île d'Amour. Je lui promis de lui montrer le musée de l'Écu de France, le premier musée que j'avais vu, tout enfant, et qui m'avait ébloui. J'en parlais à Marthe comme d'une chose très intéressante. Mais quand nous constatâmes que ce musée était une farce, je ne voulus pas admettre que je m'étais trompé à ce point. Les ciseaux de Fulbert! tout! j'avais tout cru. Je prétendis avoir fait à Marthe une plaisanterie innocente. Elle ne comprenait pas, car il était peu dans mes habitudes de plaisanter. A vrai dire, cette déconvenue me rendait mélancolique. Je me disais : Peut-être moi qui, aujourd'hui, crois tellement à l'amour de Marthe, y verrai-je un attrape-nigaud, comme le musée de l'Écu de France !

Car je doutais souvent de son amour. Quelquefois, je me demandais si je n'étais pas pour elle un passe-temps, un caprice dont elle pourrait se détacher du jour au lendemain, la paix la rappelant à ses devoirs. Pourtant, me disais-je, il y a des moments où une bouche, des yeux, ne peuvent mentir. Certes. Mais une fois ivres, les hommes les moins généreux se fâchent si l'on n'accepte pas leur montre, leur portefeuille. Dans cette veine, ils sont aussi sincères que s'ils se trouvent en état normal. Les moments où on ne peut pas mentir sont précisément ceux où l'on ment le plus, et surtout à soi-même. Croire une femme « au moment où elle ne peut mentir », c'est croire à la fausse générosité d'un avare.

Ma clairvoyance n'était qu'une forme plus dangereuse de ma naïveté. Je me jugeais moins naïf, je l'étais sous une autre forme, puisque aucun âge n'échappe à la naïveté. Celle de la vieillesse n'est pas la moindre. Cette prétendue clairvoyance m'assombrissait tout, me faisait douter de Marthe. Plutôt, je doutais de moi-même, ne me trouvant pas digne d'elle. Aurais-je eu mille fois plus de preuves de son amour, je n'aurais pas été moins malheureux.

Je savais trop le trésor de ce qu'on n'exprime jamais à ceux qu'on aime, par la crainte de paraître puéril, pour ne pas redouter chez Marthe cette pudeur navrante et je souffrais de ne pouvoir pénétrer son esprit.

Je revins à la maison à neuf heures et demie du soir. Mes parents m'interrogèrent sur ma promenade. Je leur décrivis avec enthousiasme la forêt de Sénart et ses fougères deux fois hautes comme moi. Je parlai aussi de Brunoy, charmant village où nous avions déjeuné. Tout à coup, ma mère, moqueuse, m'interrompant :

— A propos, René est venu cet après-midi à quatre heures, très étonné en apprenant qu'il faisait une grande promenade avec toi.

J'étais rouge de dépit. Cette aventure, et bien d'autres, m'apprirent que, malgré certaines dispositions, je ne suis point fait pour le mensonge. On m'y attrape toujours. Mes parents n'ajoutèrent rien d'autre. Ils eurent le triomphe modeste.

Mon père, d'ailleurs, était inconsciemment complice de mon premier amour. Il l'encourageait plutôt, ravi que ma précocité s'affirmât d'une façon ou d'une autre. Il avait aussi toujours eu peur que je tombasse entre les mains d'une mauvaise femme. Il était content de me savoir aimé d'une brave fille. Il ne devait se cabrer que le jour où il eut la preuve que Marthe souhaitait le divorce.

Ma mère, elle, ne voyait pas notre liaison d'un aussi bon œil. Elle était jalouse. Elle regardait Marthe avec des yeux de rivale. Elle trouvait Marthe antipathique, ne se rendant pas compte que toute femme, du fait de mon amour, le lui serait devenue. D'ailleurs, elle se préoccupait plus que mon père du qu'en-dira-t-on. Elle s'étonnait que Marthe pût se compromettre avec un gamin de mon âge. Puis, elle avait été élevée à F... Dans toutes ces petites villes de banlieue, du moment qu'elles s'éloignent de la banlieue ouvrière, sévissent les mêmes passions, la même soif de racontars qu'en province. Mais, en outre, le voisinage de Paris rend les racontars, les suppositions, plus délurés. Chacun y doit tenir son rang. C'est ainsi que pour avoir une maîtresse, dont le mari était soldat, je vis peu à peu, et sur l'injonction de leurs parents, s'éloigner mes camarades. Ils disparurent par ordre hiérarchique : depuis le fils du notaire, jusqu'à celui de notre jardinier. Ma mère était atteinte par ces mesures qui me semblaient un hommage. Elle me voyait perdu par une folle. Elle reprochait certainement à mon père de me l'avoir fait connaître, et de fermer les yeux. Mais, estimant que c'était à mon père d'agir, et mon père se taisant, elle gardait le silence.

Je passais toutes mes nuits chez Marthe. J'y arrivais à dix heures et demie, j'en repartais le matin à cinq ou six. Je ne sautais plus par-dessus les murs. Je me contentais d'ouvrir la porte avec ma clef; mais cette franchise exigeait quelques soins. Pour que la cloche ne donnât pas l'éveil, j'enveloppais le soir son battant avec de l'ouate. Je l'ôtais le lendemain en rentrant.

A la maison, personne ne se doutait de mes absences; il n'en allait pas de même à J... Depuis quelque temps déjà, les propriétaires et le vieux ménage me voyaient d'un assez mauvais œil, répondait à peine à mes saluts.

Le matin, à cinq heures, pour faire le moins de bruit possible, je descendais, mes souliers à la main. Je les remettais en bas. Un matin, je croisai dans l'escalier le garçon laitier. Il tenait ses boîtes de lait à la main; je tenais, moi, mes souliers. Il me souhaita le bonjour avec un sourire terrible. Marthe était perdue. Il allait le raconter dans tout J... Ce qui me torturait encore le plus était mon ridicule. Je pouvais acheter le silence du garçon laitier, mais je m'en abstins faute de savoir comment m'y prendre.

L'après-midi, je n'osai rien en dire à Marthe.

D'ailleurs, cet épisode était inutile pour que
Marthe fût compromise. C'était depuis longtemps chose faite. La rumeur me l'attribua même
comme maîtresse bien avant la réalité. Nous ne
nous étions rendu compte de rien. Nous allions
bientôt voir clair. C'est ainsi qu'un jour je trouvai
Marthe sans forces. Le propriétaire venait de lui
dire que depuis quatre jours il guettait mon
départ à l'aube. Il avait d'abord refusé de croire,
mais il ne lui restait aucun doute. Le vieux
ménage dont la chambre était sous celle de
Marthe se plaignait du bruit que nous faisions
nuit et jour. Marthe était atterrée, voulait partir.
Il ne fut pas question d'apporter un peu de
prudence dans nos rendez-vous. Nous nous en
sentions incapables : le pli était pris. Alors Marthe commença de comprendre bien des choses
qui l'avaient surprise. La seule amie qu'elle
chérît vraiment, une jeune fille suédoise, ne
répondait pas à ses lettres. J'appris que le corres-
pondant de cette jeune fille nous ayant un jour
aperçus dans le train, enlacés, il lui avait
conseillé de ne pas revoir Marthe.

Je fis promettre à Marthe que s'il éclatait un
drame, où que ce fût, soit chez ses parents, soit
avec son mari, elle montrerait de la fermeté. Les
menaces du propriétaire, quelques rumeurs, me
donnaient tout lieu de craindre, et d'espérer à la
fois, une explication entre Marthe et Jacques.

Marthe m'avait supplié de venir la voir souvent, pendant la permission de Jacques, à qui elle
avait déjà parlé de moi. Je refusai, redoutant de
jouer mal mon rôle et de voir Marthe avec un
homme empressé auprès d'elle. La permission
devait être de onze jours. Peut-être tricherait-il,
et trouverait-il le moyen de rester deux jours de
plus. Je fis jurer à Marthe de m'écrire chaque

jour. J'attendis trois jours avant de me rendre à la poste restante, pour être sûr de trouver une lettre. Il y en avait déjà quatre. Je ne pus les prendre : il me manquait un des papiers d'identité nécessaires. J'étais d'autant moins à l'aise que j'avais falsifié mon bulletin de naissance, l'usage de la poste restante n'étant permis qu'à partir de dix-huit ans. J'insistais, au guichet, avec l'envie de jeter du poivre dans les yeux de la demoiselle des postes, de m'emparer des lettres qu'elle tenait et ne me donnerait pas. Enfin, comme j'étais connu à la poste, j'obtins, faute de mieux, qu'on les envoyât le lendemain chez mes parents.

Décidément j'avais encore fort à faire pour devenir un homme. En ouvrant la première lettre de Marthe, je me demandai comment elle exécuterait ce tour de force : écrire une lettre d'amour. J'oubliais qu'aucun genre épistolaire n'est moins difficile : il n'y est besoin que d'amour. Je trouvai les lettres de Marthe admirables, et dignes des plus belles que j'avais lues. Pourtant Marthe m'y disait des choses bien ordinaires, et son supplice de vivre loin de moi.

Il m'étonnait que ma jalousie ne fût pas plus mordante. Je commençais à considérer Jacques comme « le mari ». Peu à peu j'oubliais sa jeunesse, je voyais en lui un barbon.

Je n'écrivais pas à Marthe ; il y avait tout de même trop de risques. Au fond, je me trouvais plutôt heureux d'être tenu à ne pas lui écrire, éprouvant, comme devant toute nouveauté, la crainte vague de n'être pas capable, et que mes lettres la choquassent ou lui parussent naïves.

Ma négligence fit qu'au bout de deux jours, ayant laissé traîner sur ma table de travail une

lettre de Marthe, elle disparut ; le lendemain, elle
reparut sur la table. La découverte de cette lettre
dérangeait mes plans : j'avais profité de la permission de Jacques, de mes longues heures de
présence, pour faire croire chez moi que je me
détachais de Marthe. Car si je m'étais d'abord
montré fanfaron pour que mes parents apprissent que j'avais une maîtresse, je commençais à
souhaiter qu'ils eussent moins de preuves. Et
voici que mon père apprenait la véritable cause
de ma sagesse.

Je profitai de ces loisirs pour de nouveau me
rendre à l'académie de dessin ; car, depuis longtemps je dessinais mes nus d'après Marthe. Je ne
sais pas si mon père le devinait ; du moins
s'étonnait-il malicieusement, et d'une manière
qui me faisait rougir, de la monotonie des modè-
les. Je retournai donc à la Grande-Chaumière,
travaillai beaucoup, afin de réunir une provision
d'études pour le reste de l'année, provision que je
renouvellerais à la prochaine visite du mari.

Je revis aussi René, renvoyé de Henri-IV. Il
allait à Louis-le-Grand. Je l'y cherchais tous les
soirs, après la Grande-Chaumière. Nous nous
fréquentions en cachette, car depuis son renvoi
de Henri-IV, et surtout depuis Marthe, ses
parents, qui naguère me considéraient comme un
bon exemple, lui avaient défendu ma compagnie.

René, pour qui l'amour, dans l'amour, semblait un bagage encombrant, me plaisantait sur
ma passion pour Marthe. Ne pouvant supporter
ses pointes, je lui dis lâchement que je n'avais pas
de véritable amour. Son admiration pour moi,
qui, ces derniers temps, avait faibli, s'en accrut
séance tenante.

Je commençais à m'endormir sur l'amour de
Marthe. Ce qui me tourmentait le plus, c'était le

jeûne infligé à mes sens. Mon énervement était
celui d'un pianiste sans piano, d'un fumeur sans
cigarettes.

René, qui se moquait de mon cœur, était
pourtant épris d'une femme qu'il croyait aimer
sans amour. Ce gracieux animal, Espagnole
blonde, se désarticulait si bien qu'il devait sortir
d'un cirque. René qui feignait la désinvolture
était fort jaloux. Il me supplia, mi-riant, mi-
pâlissant, de lui rendre un service bizarre. Ce
service, pour qui connaît le collège, était l'idée-
type du collégien. Il désirait savoir si cette femme
le tromperait. Il s'agissait donc de lui faire des
avances, pour se rendre compte.

Ce service m'embarrassa. Ma timidité reprenait le dessus. Mais pour rien au monde je
n'aurais voulu paraître timide et, du reste, la
dame vint me tirer d'embarras. Elle me fit des
avances si promptes que la timidité, qui empêche
certaines choses et oblige à d'autres, m'empêcha
de respecter René et Marthe. Du moins espérais-
je y trouver du plaisir, mais j'étais comme le
fumeur habitué à une seule marque. Il ne me
resta donc que le remords d'avoir trompé René, à
qui je jurai que sa maîtresse repoussait toute
avance.

Vis-à-vis de Marthe je n'éprouvais aucun
remords. Je m'y forçais. J'avais beau me dire que
je ne lui pardonnerais jamais si elle me trompait,
je n'y pus rien. « Ce n'est pas pareil », me donnai-
je comme excuse avec la remarquable platitude
que l'égoïsme apporte dans ses réponses. De
même j'admettais fort bien de ne pas écrire à
Marthe, mais, si elle ne m'avait pas écrit, j'y
eusse vu qu'elle ne m'aimait pas. Pourtant cette
légère infidélité renforça mon amour.

Jacques ne comprenait rien à l'attitude de sa femme. Marthe, plutôt bavarde, ne lui adressait pas la parole. S'il lui demandait : « Qu'as-tu ? » elle répondait : « Rien. »

Mᵐᵉ Grangier eut différentes scènes avec le pauvre Jacques. Elle l'accusait de maladresse envers sa fille, se repentait de la lui avoir donnée. Elle attribuait à cette maladresse de Jacques le brusque changement survenu dans le caractère de sa fille. Elle voulut la reprendre chez elle. Jacques s'inclina. Quelques jours après son arrivée, il accompagna Marthe chez sa mère, qui, flattant ses moindres caprices, encourageait sans se rendre compte son amour pour moi. Marthe était née dans cette demeure. Chaque chose, disait-elle à Jacques, lui rappelait le temps heureux où elle s'appartenait. Elle devait dormir dans sa chambre de jeune fille. Jacques voulut que tout au moins on y dressât un lit pour lui. Il provoqua une crise de nerfs. Marthe refusait de souiller cette chambre virginale.

M. Grangier trouvait ces pudeurs absurdes. Mᵐᵉ Grangier en profita pour dire à son mari et à son gendre qu'ils ne comprenaient rien à la délicatesse féminine. Elle se sentait flattée que

l'âme de sa fille appartînt si peu à Jacques. Car
tout ce que Marthe ôtait à son mari, Mme Grangier se l'attribuait, trouvant ses scrupules sublimes. Sublimes, ils l'étaient, mais pour moi.

Les jours où Marthe se prétendait le plus
malade, elle exigeait de sortir. Jacques savait
bien que ce n'était pas pour le plaisir de l'accompagner. Marthe, ne pouvant confier à personne
les lettres à mon adresse, les mettait elle-même à
la poste.

Je me félicitai encore plus de mon silence, car,
si j'avais pu lui écrire, en réponse au récit des
tortures qu'elle infligeait, je fusse intervenu en
faveur de la victime. A certains moments, je
m'épouvantais du mal dont j'étais l'auteur ; à
d'autres, je me disais que Marthe ne punirait
jamais assez Jacques du crime de me l'avoir prise
vierge. Mais comme rien ne nous rend moins
« sentimental » que la passion, j'étais, somme
toute, ravi de ne pouvoir écrire et qu'ainsi Marthe continuât de désespérer Jacques.

Il repartit sans courage.

Tous mirent cette crise sur le compte de la
solitude énervante dans laquelle vivait Marthe.
Car ses parents et son mari étaient les seuls à
ignorer notre liaison, les propriétaires n'osant
rien apprendre à Jacques par respect pour l'uniforme. Mme Grangier se félicitait déjà de retrouver sa fille, et qu'elle vécût comme avant son
mariage. Aussi les Grangier n'en revinrent-ils pas
lorsque Marthe, le lendemain du départ de Jacques, annonça qu'elle retournait à J...

Je l'y revis le jour même. D'abord, je la grondai
mollement d'avoir été si méchante. Mais quand
je lus la première lettre de Jacques, je fus pris de
panique. Il disait combien, s'il n'avait plus

l'amour de Marthe, il lui serait facile de se faire tuer.

Je ne démêlai pas le « chantage ». Je me vis responsable d'une mort, oubliant que je l'avais souhaitée. Je devins encore plus incompréhensible et plus injuste. De quelque côté que nous nous tournions s'ouvrait une blessure. Marthe avait beau me répéter qu'il était moins inhumain de ne plus flatter l'espoir de Jacques, c'est moi qui l'obligeais de répondre avec douceur. C'est moi qui dictais à sa femme les seules lettres tendres qu'il en ait jamais reçues. Elle les écrivait en se cabrant, en pleurant, mais je la menaçais de ne jamais revenir, si elle n'obéissait pas. Que Jacques me dût ses seules joies atténuait mes remords.

Je vis combien son désir de suicide était superficiel, à l'espoir qui débordait de ses lettres, en réponse aux *nôtres.*

J'admirais mon attitude, vis-à-vis du pauvre Jacques, alors que j'agissais par égoïsme et par crainte d'avoir un crime sur la conscience.

Une période heureuse succéda au drame.
Hélas! un sentiment de provisoire subsistait. Il
tenait à mon âge et à ma nature veule. Je n'avais
de volonté pour rien, ni pour fuir Marthe qui
peut-être m'oublierait, et retournerait au devoir,
ni pour pousser Jacques dans la mort. Notre
union était donc à la merci de la paix, du retour
définitif des troupes. Qu'il chasse sa femme, elle
me resterait. Qu'il la garde, je me sentais incapable de la lui reprendre de force. Notre bonheur
était un château de sable. Mais ici la marée
n'étant pas à heure fixe, j'espérais qu'elle monte-
rait le plus tard possible.

Maintenant, c'est Jacques, charmé, qui défendait Marthe contre sa mère, mécontente du
retour à J... Ce retour, l'aigreur aidant, avait du
reste éveillé chez Mme Grangier quelques soupçons. Autre chose lui paraissait suspect : Marthe
refusait d'avoir des domestiques, au grand scandale de sa famille et, encore plus, de sa belle-
famille. Mais que pouvaient parents et beaux-
parents contre Jacques devenu notre allié, grâce
aux raisons que je lui donnais par l'intermédiaire
de Marthe.

C'est alors que J... ouvrit le feu sur elle.

Les propriétaires affectaient de ne plus lui parler. Personne ne la saluait. Seuls les fournisseurs étaient professionnellement tenus à moins de morgue. Aussi, Marthe, sentant quelquefois le besoin d'échanger des paroles, s'attardait dans les boutiques. Lorsque j'étais chez elle, si elle s'absentait pour acheter du lait et des gâteaux, et qu'au bout de cinq minutes elle ne fût pas de retour, l'imaginant sous un tramway, je courais à toutes jambes jusque chez la crémière ou le pâtissier. Je l'y trouvais causant avec eux. Fou de m'être laissé prendre à mes angoisses nerveuses, aussitôt dehors, je m'emportais. Je l'accusais d'avoir des goûts vulgaires, de trouver un charme à la conversation des fournisseurs. Ceux-ci, dont j'interrompais les propos, me détestaient.

L'étiquette des cours est assez simple, comme tout ce qui est noble. Mais rien n'égale en énigmes le protocole des petites gens. Leur folie des préséances se fonde, d'abord, sur l'âge. Rien ne les choquerait plus que la révérence d'une vieille duchesse à quelque jeune prince. On devine la haine du pâtissier, de la crémière, à voir un gamin interrompre leurs rapports familiers avec Marthe. Ils lui eussent à elle trouvé mille excuses, à cause de ces conversations.

Les propriétaires avaient un fils de vingt-deux ans. Il vint en permission. Marthe l'invita à prendre le thé.

Le soir, nous entendîmes des éclats de voix : on lui défendait de revoir la locataire. Habitué à ce que mon père ne mît son veto à aucun de mes actes, rien ne m'étonna plus que l'obéissance du dadais.

Le lendemain, comme nous traversions le jardin, il bêchait. Sans doute était-ce un pensum.

Un peu gêné, malgré tout, il détourna la tête pour ne pas avoir à dire bonjour.

Ces escarmouches peinaient Marthe ; assez intelligente et assez amoureuse pour se rendre compte que le bonheur ne réside pas dans la considération des voisins, elle était comme ces poètes qui savent que la vraie poésie est chose « maudite », mais qui, malgré leur certitude, souffrent parfois de ne pas obtenir les suffrages qu'ils méprisent.

Les conseillers municipaux jouent toujours un rôle dans mes aventures. M. Marin qui habitait en dessous de chez Marthe, vieillard à barbe grise et de stature noble, était un ancien conseiller municipal de J... Retiré dès avant la guerre, il aimait servir la patrie, lorsque l'occasion se présentait à portée de sa main. Se contentant de désapprouver la politique communale, il vivait avec sa femme, ne recevant et ne rendant de visites qu'aux approches de la nouvelle année.

Depuis quelques jours, un remue-ménage se faisait au-dessous, d'autant plus distinct que nous entendions, de notre chambre, les moindres bruits du rez-de-chaussée. Des frotteurs vinrent. La bonne, aidée par celle du propriétaire, astiquait l'argenterie dans le jardin, ôtait le vert-de-gris des suspensions de cuivre. Nous sûmes par la crémière qu'un raout-surprise se préparait chez les Marin, sous un mystérieux prétexte. Mme Marin était allée inviter le maire et le supplier de lui accorder huit litres de lait. Autoriserait-il aussi la marchande à faire de la crème ?

Les permis accordés, le jour venu (un vendredi), une quinzaine de notables parurent à l'heure dite avec leurs femmes, chacune fondatrice d'une société d'allaitement maternel ou de secours aux blessés, dont elle était présidente, et les autres sociétaires. La maîtresse de cette maison pour faire « genre » recevait devant la porte. Elle avait profité de l'attraction mystérieuse pour transformer son raout en pique-nique. Toutes ces dames prêchaient l'économie et inventaient des recettes. Aussi leurs douceurs étaient-elles des gâteaux sans farine, des crèmes au lichen, etc. Chaque nouvelle arrivante disait à Mme Marin : « Oh! ça ne paie pas de mine, mais je crois que ce sera bon tout de même. »

M. Marin, lui, profitait de ce raout pour préparer sa « rentrée politique ».

Or, la surprise, c'était Marthe et moi. La charitable indiscrétion d'un de mes camarades de chemin de fer, le fils d'un des notables, me l'apprit. Jugez de ma stupeur quand je sus que la distraction des Marin était de se tenir sous notre chambre vers la fin de l'après-midi et de surprendre nos caresses.

Sans doute y avaient-ils pris goût, et voulaient-ils publier leurs plaisirs. Bien entendu, les Marin, gens respectables, mettaient ce dévergondage sur le compte de la morale. Ils voulaient faire partager leur révolte par tout ce que la commune comptait de gens comme il faut.

Les invités étaient en place. Mme Marin me savait chez Marthe, et avait dressé la table sous sa chambre. Elle piaffait. Elle eût voulu la canne du régisseur pour annoncer le spectacle. Grâce à l'indiscrétion du jeune homme, qui trahissait pour mystifier sa famille et par solidarité d'âge, nous gardâmes le silence. Je n'avais pas osé dire à Marthe le motif du pique-nique. Je pensais au visage décomposé de Mme Marin, les yeux sur les aiguilles de l'horloge, et à l'impatience de ses hôtes. Enfin, vers sept heures, les couples se retirèrent bredouilles, traitant tout bas les Marin d'imposteurs et le pauvre M. Marin, âgé de soixante-dix ans, d'arriviste. Ce futur conseiller vous promettait monts et merveilles, et n'attendait même pas d'être élu pour manquer à ses promesses. En ce qui concernait Mme Marin, ces dames virent dans le raout un moyen avantageux pour elle de se fournir du dessert. Le maire, en personnage, avait paru juste quelques minutes; ces quelques minutes et les huit litres de lait firent chuchoter qu'il était du dernier bien avec la fille des Marin, institutrice à l'école. Le mariage de Mlle Marin avait jadis fait scandale, paraissant peu digne d'une institutrice, car elle avait épousé un sergent de ville.

Je poussai la malice jusqu'à leur faire entendre ce qu'ils eussent souhaité faire entendre aux autres. Marthe s'étonna de cette tardive ardeur. Ne pouvant plus y tenir, et au risque de la chagriner, je lui dis quel était le but du raout. Nous en rîmes ensemble aux larmes.

Mme Marin, peut-être indulgente si j'eusse servi ses plans, ne nous pardonna pas son désastre. Il lui donna de la haine. Mais elle ne pouvait l'assouvir, ne disposant plus de moyens, et n'osant user de lettres anonymes.

Nous étions au mois de mai. Je rencontrais moins Marthe chez elle et n'y couchais que si je pouvais inventer chez moi un mensonge pour y rester le matin. Je l'inventais une ou deux fois la semaine. La perpétuelle réussite de mon mensonge me surprenait. En réalité mon père ne me croyait pas. Avec une folle indulgence il fermait les yeux, à la seule condition que ni mes frères, ni les domestiques, ne l'apprissent. Il me suffisait donc de dire que je partais à cinq heures du matin, comme le jour de ma promenade à la forêt de Sénart. Mais ma mère ne préparait plus de panier.

Mon père supportait tout, puis, sans transition, se cabrant, me reprochait ma paresse. Ces scènes se déchaînaient et se calmaient vite, comme les vagues.

Rien n'absorbe plus que l'amour. On n'est pas paresseux, parce que, étant amoureux, on paresse. L'amour sent confusément que son seul dérivatif réel est le travail. Aussi le considère-t-il comme un rival. Et il n'en supporte aucun. Mais l'amour est paresse bienfaisante, comme la molle pluie qui féconde.

Si la jeunesse est niaise, c'est faute d'avoir été

paresseuse. Ce qui infirme nos systèmes d'éducation, c'est qu'ils s'adressent aux médiocres, à
cause du nombre. Pour un esprit en marche, la
paresse n'existe pas. Je n'ai jamais plus appris
que dans ces longues journées qui, pour un
témoin, eussent semblé vides, et où j'observais
mon cœur novice comme un parvenu observe ses
gestes à table.

Quand je ne couchais pas chez Marthe, c'est-à-
dire presque tous les jours, nous nous prome-
nions après dîner, le long de la Marne, jusqu'à
onze heures. Je détachais le canot de mon père.
Marthe ramait ; moi, étendu, j'appuyais ma tête
sur ses genoux. Je la gênais. Soudain un coup de
rame, me cognant, me rappelait que cette promenade ne durerait pas toute la vie.

L'amour veut faire partager sa béatitude.
Ainsi, une maîtresse de nature assez froide
devient caressante, nous embrasse dans le cou,
invente mille agaceries, si nous sommes en train
d'écrire une lettre. Je n'avais jamais tel désir
d'embrasser Marthe que lorsqu'un travail la
distrayait de moi ; jamais tant envie de toucher à
ses cheveux, de la décoiffer, que quand elle se
coiffait. Dans le canot je me précipitais sur elle,
la jonchant de baisers, pour qu'elle lâchât ses
rames, et que le canot dérivât, prisonnier des
herbes, des nénuphars blancs et jaunes. Elle y
reconnaissait les signes d'une passion incapable
de se contenir, alors que me poussait surtout la
manie de déranger, si forte. Puis nous amarrions
le canot derrière les hautes touffes. La crainte
d'être visibles ou de chavirer, me rendait nos
ébats mille fois plus voluptueux.

Aussi ne me plaignais-je point de l'hostilité des
propriétaires qui rendait ma présence chez Marthe très difficile.

Ma soi-disant idée fixe de la posséder comme
ne l'avait pu posséder Jacques, d'embrasser un
coin de sa peau après lui avoir fait jurer que
jamais d'autres lèvres que les miennes ne s'y
étaient mises, n'était que du libertinage. Me
l'avouais-je ? Tout amour comporte sa jeunesse,
son âge mûr, sa vieillesse. Étais-je à ce dernier
stade où déjà l'amour ne me satisfaisait plus sans
certaines recherches. Car si ma volupté s'appuyait sur l'habitude, elle s'avivait de ces mille
riens, de ces légères corrections infligées à l'habitude. Ainsi, n'est-ce pas d'abord dans l'augmen-
tation des doses, qui vite deviendraient mortel-
les, qu'un intoxiqué trouve l'extase, mais dans le
rythme qu'il invente, soit en changeant ses heures, soit en usant de supercheries pour dérouter
l'organisme.

J'aimais tant cette rive gauche de la Marne,
que je fréquentais l'autre, si différente, afin de
pouvoir contempler celle que j'aimais. La rive
droite est moins molle, consacrée aux maraî-
chers, aux cultivateurs, alors que la mienne l'est
aux oisifs. Nous attachions le canot à un arbre,
allions nous étendre au milieu du blé. Le champ,
sous la brise du soir, frissonnait. Notre égoïsme,
dans sa cachette, oubliait le préjudice, sacrifiant
le blé au confort de notre amour, comme nous y
sacrifiions Jacques.

Un parfum de provisoire excitait mes sens. D'avoir goûté à des joies plus brutales, plus ressemblantes à celles qu'on éprouve sans amour avec la première venue, affadissait les autres.

J'appréciais déjà le sommeil chaste, libre, le bien-être de se sentir seul dans un lit aux draps frais. J'alléguais des raisons de prudence pour ne plus passer de nuits chez Marthe. Elle admirait ma force de caractère. Je redoutais aussi l'agacement que donne une certaine voix angélique des femmes qui s'éveillent et qui, comédiennes de race, semblent chaque matin sortir de l'au-delà.

Je me reprochais mes critiques, mes feintes, passant des journées à me demander si j'aimais Marthe plus ou moins que naguère. Mon amour sophistiquait tout. De même que je traduisais faussement les phrases de Marthe, croyant leur donner un sens plus profond, j'interprétais ses silences. Ai-je toujours eu tort ; un certain choc, qui ne se peut décrire, nous prévenant que nous avons touché juste. Mes jouissances, mes angoisses étaient plus fortes. Couché auprès d'elle, l'envie qui me prenait, d'une seconde à l'autre, d'être couché seul, chez mes parents, me faisait augurer l'insupportable d'une vie commune.

D'autre part, je ne pouvais imaginer de vivre sans Marthe. Je commençais à connaître le châtiment de l'adultère.

J'en voulais à Marthe d'avoir, avant notre amour, consenti à meubler la maison de Jacques à ma guise. Ces meubles me devinrent odieux, que je n'avais pas choisis pour mon plaisir, mais afin de déplaire à Jacques. Je m'en fatiguais, sans excuses. Je regrettais de n'avoir pas laissé Marthe les choisir seule. Sans doute m'eussent-ils d'abord déplu, mais quel charme, ensuite, de m'y habituer, par amour pour elle. J'étais jaloux que le bénéfice de cette habitude revînt à Jacques.

Marthe me regardait avec de grands yeux naïfs lorsque je lui disais amèrement : « J'espère que, quand nous vivrons ensemble, nous ne garderons pas ces meubles. » Elle respectait tout ce que je disais. Croyant que j'avais oublié que ces meubles venaient de moi, elle n'osait me le rappeler. Elle se lamentait intérieurement de ma mauvaise mémoire.

Dans les premiers jours de juin, Marthe reçut une lettre de Jacques où enfin il ne l'entretenait pas que de son amour. Il était malade. On l'évacuait à l'hôpital de Bourges. Je ne me réjouissais pas de le savoir malade, mais qu'il eût quelque chose à dire me soulageait. Passant par J..., le lendemain ou le surlendemain, il suppliait Marthe qu'elle guettât son train sur le quai de la gare. Marthe me montra cette lettre. Elle attendait un ordre.

L'amour lui donnait une nature d'esclave. Aussi, en face d'une telle servitude préambulaire, avais-je du mal à ordonner ou défendre. Selon moi, mon silence voulait dire que je consentais. Pouvais-je l'empêcher d'apercevoir son mari pendant quelques secondes ? Elle garda le même silence. Donc, par une espèce de convention tacite, je n'allai pas chez elle le lendemain.

Le surlendemain matin, un commissionnaire m'apporta chez mes parents un mot qu'il ne devait remettre qu'à moi. Il était de Marthe. Elle m'attendait au bord de l'eau. Elle me suppliait de venir, si j'avais encore de l'amour pour elle.

Je courus jusqu'au banc sur lequel Marthe m'attendait. Son bonjour, si peu en rapport avec le style de son billet, me glaça. Je crus son cœur changé.

Simplement, Marthe avait pris mon silence de l'avant-veille pour un silence hostile. Elle n'avait pas imaginé la moindre convention tacite. A des heures d'angoisse succédait le grief de me voir en vie puisque seule la mort eût dû m'empêcher de venir hier. Ma stupeur ne pouvait se feindre. Je lui expliquai ma réserve, mon respect pour ses devoirs envers Jacques malade. Elle me crut à demi. J'étais irrité. Je faillis lui dire : « Pour une fois que je ne mens pas... » Nous pleurâmes.

Mais ces confuses parties d'échecs sont interminables, épuisantes, si l'un des deux n'y met bon ordre. En somme, l'attitude de Marthe envers Jacques n'était pas flatteuse. Je l'embrassai, la berçai. « Le silence, dis-je, ne nous réussit pas. » Nous nous promîmes de ne rien nous celer de nos pensées secrètes, moi la plaignant un peu de croire que c'est chose possible.

A J..., Jacques avait cherché des yeux Marthe, puis le train passant devant leur maison, il avait vu les volets ouverts. Sa lettre la suppliait de le rassurer. Il lui demandait de venir à Bourges. « Il faut que tu partes », dis-je, de façon que cette simple phrase ne sentît pas le reproche.

— J'irai, dit-elle, si tu m'accompagnes.

C'était pousser trop loin l'inconscience. Mais ce qu'exprimaient d'amour ses paroles, ses actes les plus choquants, me conduisait vite de la colère à la gratitude. Je me cabrai. Je me calmai. Je lui parlai doucement, ému par sa naïveté. Je la traitais comme un enfant qui demande la lune.

Je lui représentai combien il était immoral qu'elle se fît accompagner par moi. Que ma réponse ne fût pas orageuse, comme celle d'un amant outragé, sa portée s'en accrut. Pour la première fois, elle m'entendait prononcer le mot de « morale ». Ce mot vint à merveille, car, si peu méchante, elle devait bien connaître des crises de doute, comme moi, sur la moralité de notre amour. Sans ce mot, elle eût pu me croire amoral, étant fort bourgeoise, malgré sa révolte contre les excellents préjugés bourgeois. Mais au contraire puisque, pour la première fois, je la mettais en garde, c'était une preuve que jusqu'alors je considérais que nous n'avions rien fait de mal.

Marthe regrettait cette espèce de voyage de noces scabreux. Elle comprenait, maintenant, ce qu'il y avait d'impossible.

— Du moins, dit-elle, permets-moi de ne pas y aller.

Ce mot de « morale » prononcé à la légère m'instituait son directeur de conscience. J'en usai comme ces despotes qui se grisent d'un pouvoir nouveau. La puissance ne se montre que si l'on en use avec injustice. Je répondis donc que je ne voyais aucun crime à ce qu'elle n'allât pas à Bourges. Je lui trouvai des motifs qui la persuadèrent : fatigue du voyage, proche convalescence de Jacques. Ces motifs l'innocentaient, sinon aux yeux de Jacques, du moins vis-à-vis de sa belle-famille.

A force d'orienter Marthe dans un sens qui me convenait, je la façonnais peu à peu à mon image. C'est de quoi je m'accusais, et de détruire sciemment notre bonheur. Qu'elle me ressemblât, et que ce fût mon œuvre, me ravissait et me fâchait. J'y voyais une raison de notre entente. J'y discernais aussi la cause de désastres futurs. En effet je lui avais peu à peu communiqué mon incertitude, qui le jour des décisions l'empêcherait d'en prendre aucune. Je la sentais comme moi les mains molles, espérant que la mer épargnerait le château de sable, tandis que les autres enfants s'empressent de bâtir plus loin.

Il arrive que cette ressemblance morale déborde sur le physique. Regard, démarche : plusieurs fois, des étrangers nous prirent pour frère et soeur. C'est qu'il existe en nous des germes de ressemblance que développe l'amour. Un geste, une inflexion de voix, tôt ou tard, trahissent les amants les plus prudents.

Il faut admettre que si le cœur a ses raisons que la raison ne connaît pas, c'est que celle-ci est moins raisonnable que notre cœur. Sans doute, sommes-nous tous des Narcisse, aimant et détestant leur image, mais à qui toute autre est indifférente. C'est cet instinct de ressemblance qui nous mène dans la vie, nous criant « halte ! » devant un paysage, une femme, un poème. Nous pouvons en admirer d'autres, sans ressentir ce choc. L'instinct de ressemblance est la seule ligne de conduite qui ne soit pas artificielle. Mais dans la société, seuls les esprits grossiers sembleront ne point pécher contre la morale, poursuivant toujours le même type. Ainsi certains hommes s'acharnent sur les « blondes », ignorant que souvent les ressemblances les plus profondes sont les plus secrètes.

Marthe depuis quelques jours semblait distraite, sans tristesse. Distraite, avec tristesse, j'aurais pu m'expliquer sa préoccupation par l'approche du quinze juillet, date à laquelle il lui faudrait rejoindre la famille de Jacques, et Jacques en convalescence, sur une plage de la Manche. A son tour, Marthe se taisait, sursautant au bruit de ma voix. Elle supportait l'insupportable : visites de famille, avanies, sous-entendus aigres de sa mère, bonhommes de son père, qui lui supposait un amant, sans y croire.

Pourquoi supportait-elle tout ? Etait-ce la suite de mes leçons lui reprochant d'attacher trop d'importance aux choses, de s'affecter des moindres ? Elle paraissait heureuse, mais d'un bonheur singulier, dont elle ressentait de la gêne, et qui m'était désagréable, puisque je ne le partageais pas. Moi qui trouvais enfantin que Marthe découvrît dans mon mutisme une preuve d'indifférence, à mon tour, je l'accusais de ne plus m'aimer, parce qu'elle se taisait.

Marthe n'osait pas m'apprendre qu'elle était enceinte.

J'eusse voulu paraître heureux de cette nouvelle. Mais d'abord elle me stupéfia. N'ayant
jamais pensé que je pouvais devenir responsable
de quoi que ce fût, je l'étais du pire. J'enrageais
aussi de n'être pas assez homme pour trouver la
chose simple. Marthe n'avait parlé que
contrainte. Elle tremblait que cet instant qui
devait nous rapprocher nous séparât. Je mimai si
bien l'allégresse que ses craintes se dissipèrent.
Elle gardait les traces profondes de la morale
bourgeoise, et cet enfant signifiait pour elle que
Dieu récompenserait notre amour, qu'il ne punis-
sait aucun crime.

Alors que Marthe trouvait maintenant dans sa
grossesse une raison pour que je ne la quittasse
jamais, cette grossesse me consterna. A notre âge,
il me semblait impossible, injuste, que nous
eussions un enfant qui entraverait notre jeunesse.
Pour la première fois, je me rendais à des craintes
d'ordre matériel : nous serions abandonnés de
nos familles.

Aimant déjà cet enfant, c'est par amour que je
le repoussais. Je ne me voulais pas responsable
de son existence dramatique. J'eusse été moi-
même incapable de la vivre.

L'instinct est notre guide ; un guide qui nous conduit à notre perte. Hier, Marthe redoutait que sa grossesse nous éloignât l'un de l'autre. Aujourd'hui, qu'elle ne m'avait jamais tant aimé, elle croyait que mon amour grandissait comme le sien. Moi, hier, repoussant cet enfant, je commençais aujourd'hui à l'aimer et j'ôtais de l'amour à Marthe, de même qu'au début de notre liaison mon cœur lui donnait ce qu'il retirait aux autres.

Maintenant, posant ma bouche sur le ventre de Marthe, ce n'était plus elle que j'embrassais, c'était mon enfant. Hélas ! Marthe n'était plus ma maîtresse, mais une mère.

Je n'agissais plus jamais comme si nous étions seuls. Il y avait toujours un témoin près de nous, à qui nous devions rendre compte de nos actes. Je pardonnais mal ce brusque changement dont je rendais Marthe seule responsable et pourtant je sentais que je lui aurais moins encore pardonné si elle m'avait menti. A certaines secondes je croyais que Marthe mentait pour faire durer un peu plus notre amour, mais que son fils n'était pas le mien.

Comme un malade qui recherche le calme, je ne savais de quel côté me tourner. Je sentais ne plus aimer la même Marthe et que mon fils ne serait heureux qu'à la condition de se croire celui de Jacques. Certes, ce subterfuge me consternait. Il faudrait renoncer à Marthe. D'autre part, j'avais beau me trouver un homme, le fait actuel était trop grave pour que je me rengorgeasse jusqu'à croire possible une aussi folle (je pensais : une aussi sage) existence.

Car enfin Jacques reviendrait. Après cette période extraordinaire il retrouverait, comme tant d'autres soldats trompés à cause des circonstances exceptionnelles, une épouse triste, docile, dont rien ne décèlerait l'inconduite. Mais cet enfant ne pouvait s'expliquer pour son mari que si elle supportait son contact aux vacances. Ma lâcheté l'en supplia.

De toutes nos scènes, celle-ci ne fut ni la moins étrange ni la moins pénible. Je m'étonnais du reste de rencontrer si peu de lutte. J'en eus l'explication plus tard. Marthe n'osait m'avouer une victoire de Jacques à sa dernière permission et comptait, feignant de m'obéir, se refuser au contraire à lui, à Granville, sous prétexte des malaises de son état. Tout cet échafaudage se compliquait de dates dont la fausse coïncidence, lors de l'accouchement, ne laisserait de doutes à personne. « Bah ! me disais-je, nous avons du temps devant nous. Les parents de Marthe redouteront le scandale. Ils l'emmèneront à la campagne et retarderont la nouvelle. »

La date du départ de Marthe approchait. Je ne pouvais que bénéficier de cette absence. Ce serait un essai. J'espérais me guérir de Marthe. Si je n'y parvenais pas, si mon amour était trop vert pour se détacher de lui-même, je savais bien que je retrouverais Marthe aussi fidèle.

Elle partit le douze juillet, à sept heures du matin. Je restai à J... la nuit précédente. En y allant, je me promettais de ne pas fermer l'œil de la nuit. Je ferais une telle provision de caresses, que je n'aurais plus besoin de Marthe pour le reste de mes jours.

Un quart d'heure après m'être couché, je m'endormis.

En général, la présence de Marthe troublait mon sommeil. Pour la première fois, à côté d'elle, je dormis aussi bien que si j'eusse été seul.

A mon réveil, elle était déjà debout. Elle n'avait pas osé me réveiller. Il ne me restait plus qu'une demi-heure avant le train. J'enrageais d'avoir laissé perdre par le sommeil les dernières heures que nous avions à passer ensemble. Elle pleurait aussi de partir. Pourtant j'eusse voulu employer les dernières minutes à autre chose qu'à boire nos larmes.

Marthe me laissait sa clef, me demandant de venir, de penser à nous, et de lui écrire sur sa table.

Je m'étais juré de ne pas l'accompagner jusqu'à Paris. Mais je ne pouvais vaincre mon désir de ses lèvres et, comme je souhaitais lâchement l'aimer moins, je mettais ce désir sur le compte du départ, de cette « dernière fois » si fausse, puisque je sentais bien qu'il n'y aurait de dernière fois sans qu'elle le voulût.

A la gare Montparnasse, où elle devait rejoindre ses beaux-parents, je l'embrassai sans retenue. Je cherchais encore mon excuse dans le fait que, sa belle-famille surgissant, il se produirait un drame décisif.

Revenu à F..., accoutumé à n'y vivre qu'en attendant de me rendre chez Marthe, je tâchai de me distraire. Je bêchai le jardin, j'essayai de lire, je jouai à cache-cache avec mes sœurs, ce qui ne m'était pas arrivé depuis cinq ans. Le soir, pour ne pas éveiller de soupçons, il fallut que j'allasse me promener. D'habitude, jusqu'à la Marne, la route m'était légère. Ce soir-là, je me traînai, les cailloux me tordant le pied et précipitant mes battements de cœur. Étendu dans la barque, je souhaitai la mort, pour la première fois. Mais aussi incapable de mourir que de vivre, je comptais sur un assassin charitable. Je regrettais qu'on ne pût mourir d'ennui, ni de peine. Peu à peu ma tête se vidait, avec un bruit de baignoire. Une dernière succion, plus longue, la tête est vide. Je m'endormis.

Le froid d'une aube de juillet me réveilla. Je rentrai, transi, chez nous. La maison était grande ouverte. Dans l'antichambre mon père me reçut avec dureté. Ma mère avait été un peu malade : on avait envoyé la femme de chambre me réveiller pour que j'allasse chercher le docteur. Mon absence était donc officielle.

Je supportai la scène en admirant la délicatesse instinctive du bon juge qui, entre mille actions d'aspect blâmable, choisit la seule innocente pour permettre au criminel de se justifier. Je ne me justifiai d'ailleurs pas, c'était trop difficile. Je laissai croire à mon père que je rentrais de J... et lorsqu'il m'interdit de sortir après le dîner, je le remerciai à part moi d'être encore mon complice et de me fournir une excuse pour ne plus traîner seul dehors.

J'attendais le facteur. C'était ma vie. J'étais incapable du moindre effort pour oublier.

Marthe m'avait donné un coupe-papier, exigeant que je ne m'en servisse que pour ouvrir ses lettres. Pouvais-je m'en servir ? J'avais trop de hâte. Je déchirais les enveloppes. Chaque fois, honteux, je me promettais de garder la lettre un quart d'heure, intacte. J'espérais, par cette méthode, pouvoir à la longue reprendre de l'empire sur moi-même, garder les lettres fermées dans ma poche. Je remettais toujours ce régime au lendemain.

Un jour, impatienté par ma faiblesse, et dans un mouvement de rage, je déchirai une lettre sans la lire. Dès que les morceaux de papier eurent jonché le jardin, je me précipitai, à quatre pattes. La lettre contenait une photographie de Marthe. Moi si superstitieux et qui interprétais les faits les plus minces dans un sens tragique, j'avais déchiré ce visage. J'y vis un avertissement du Ciel. Mes transes ne se calmèrent qu'après avoir passé quatre heures à recoller la lettre et le portrait. Jamais je n'avais fourni un tel effort. La crainte qu'il arrivât malheur à Marthe me soutint pendant ce travail absurde qui me brouillait les yeux et les nerfs.

Un spécialiste avait recommandé les bains de mer à Marthe. Tout en m'accusant de méchanceté, je les lui défendis, ne voulant pas que d'autres que moi pussent voir son corps.

Du reste, puisque de toute manière Marthe devait passer un mois à Granville, je me félicitais de la présence de Jacques. Je me rappelais sa photographie en blanc que Marthe m'avait montrée le jour des meubles. Rien ne me faisait plus peur que les jeunes hommes, sur la plage.

D'avance, je les jugeais plus beaux, plus forts, plus élégants que moi.

Son mari la protégerait contre eux.

A certaines minutes de tendresse, comme un ivrogne qui embrasse tout le monde, je rêvassais d'écrire à Jacques, de lui avouer que j'étais l'amant de Marthe, et, m'autorisant de ce titre, de la lui recommander. Parfois, j'enviais Marthe, adorée par Jacques et par moi. Ne devions-nous pas chercher ensemble à faire son bonheur ? Dans ces crises je me sentais amant complaisant. J'eusse voulu connaître Jacques, lui expliquer les choses, et pourquoi nous ne devions pas être jaloux l'un de l'autre. Puis tout à coup la haine redressait cette pente douce.

Dans chaque lettre, Marthe me demandait d'aller chez elle. Son insistance me rappelait celle d'une de mes tantes fort dévote, me reprochant de ne jamais aller sur la tombe de ma grand-mère. Je n'ai pas l'instinct du pèlerinage. Ces devoirs ennuyeux localisent la mort, l'amour.

Ne peut-on penser à une morte, ou à sa maîtresse absente, ailleurs qu'en un cimetière, ou dans certaine chambre ? Je n'essayais pas de l'expliquer à Marthe et lui racontais que je me rendais chez elle ; de même, à ma tante, que j'étais allé au cimetière. Pourtant je devais aller chez Marthe ; mais dans de singulières circonstances.

Je rencontrai un jour sur le réseau cette jeune fille suédoise à laquelle ses correspondants défendaient de voir Marthe. Mon isolement me fit prendre goût aux enfantillages de cette petite personne. Je lui proposai de venir goûter à J..., en cachette, le lendemain. Je lui cachai l'absence de Marthe, pour qu'elle ne s'effarouchât pas, et ajoutai même combien elle serait heureuse de la revoir. J'affirme que je ne savais au juste ce que je comptais faire. J'agissais comme ces enfants qui, liant connaissance, cherchent à s'étonner entre eux. Je ne résistais pas à voir surprise ou colère sur la figure d'ange de Svéa, quand je serais tenu de lui apprendre l'absence de Marthe.

Oui, c'était sans doute ce plaisir puéril d'étonner, parce que je ne trouvais rien à lui dire de surprenant, tandis qu'elle bénéficiait d'une sorte d'exotisme et me surprenait à chaque phrase. Rien de plus délicieux que cette soudaine intimité entre personnes qui se comprennent mal. Elle portait au cou une petite croix d'or, émaillée de bleu, qui pendait sur une robe assez laide que je réinventais à mon goût. Une véritable poupée vivante. Je sentais croître mon désir de renouveler ce tête-à-tête ailleurs qu'en un wagon.

Ce qui gâtait un peu son air de couventine, c'était l'allure d'une élève de l'école Pigier, où d'ailleurs elle étudiait une heure par jour, sans grand profit, le français et la machine à écrire. Elle me montra ses devoirs dactylographiés. Chaque lettre était une faute, corrigée en marge par le professeur. Elle sortit d'un sac à main affreux, évidemment son œuvre, un étui à cigarettes orné d'une couronne comtale. Elle m'offrit une cigarette. Elle ne fumait pas, mais portait toujours cet étui, parce que ses amies fumaient. Elle me parlait de coutumes suédoises que je feignais de connaître : nuit de la Saint-Jean, confiture de myrtilles. Ensuite, elle tira de son sac une photographie de sa sœur jumelle, envoyée de Suède la veille : à cheval, toute nue, avec sur la tête un chapeau haut de forme de leur grand-père. Je devins écarlate. Sa sœur lui ressemblait tellement que je la soupçonnais de rire de moi, et de montrer sa propre image. Je me mordais les lèvres, pour calmer leur envie d'embrasser cette espiègle naïve. Je dus avoir une expression bien bestiale, car je la vis peureuse, cherchant des yeux le signal d'alarme.

Le lendemain elle arriva chez Marthe à quatre heures. Je lui dis que Marthe était à Paris mais rentrerait vite. J'ajoutai : Elle m'a défendu de vous laisser partir avant son retour. Je comptais ne lui avouer mon stratagème que trop tard.

Heureusement, elle était gourmande. Ma gourmandise à moi prenait une forme inédite. Je n'avais aucune faim pour la tarte, la glace à la framboise, mais souhaitais être tarte et glace dont elle approchât la bouche. Je faisais avec la mienne des grimaces involontaires.

Ce n'est pas par vice que je convoitais Svéa, mais par gourmandise. Ses joues m'eussent suffi, à défaut de ses lèvres.

Je parlais en prononçant chaque syllabe pour qu'elle comprît bien. Excité par cette amusante dînette, je m'énervais, moi toujours silencieux, de ne pouvoir parler vite. J'éprouvais un besoin de bavardage, de confidences enfantines. J'approchais mon oreille de sa bouche. Je buvais ses petites paroles.

Je l'avais contrainte à prendre une liqueur. Après, j'eus pitié d'elle comme d'un oiseau qu'on grise.

J'espérais que sa griserie servirait mes desseins, car peu m'importait qu'elle me donnât ses lèvres de bon cœur ou non. Je pensai à l'inconvenance de cette scène chez Marthe, mais, me répétai-je, en somme, je ne retire rien à notre amour. Je désirais Svéa comme un fruit, ce dont une maîtresse ne peut être jalouse.

Je tenais sa main dans mes mains qui m'apparurent pataudes. J'aurais voulu la déshabiller, la bercer. Elle s'étendit sur le divan. Je me levai, me

penchai à l'endroit où commençaient ses cheveux, duvet encore. Je ne concluais pas de son
silence que mes baisers lui fissent plaisir ; mais,
incapable de s'indigner, elle ne trouvait aucune
façon polie de me repousser en français. Je
mordillais ses joues, m'attendant à ce qu'un jus
sucré jaillisse, comme des pêches.

Enfin j'embrassai sa bouche. Elle subissait mes
caresses, patiente victime, fermant cette bouche
et les yeux. Son seul geste de refus consistait à
remuer faiblement la tête de droite à gauche, et
de gauche à droite. Je ne me méprenais pas, mais
ma bouche y trouvait l'illusion d'une réponse. Je
restais auprès d'elle comme je n'avais jamais été
auprès de Marthe. Cette résistance qui n'en était
pas une flattait mon audace et ma paresse. J'étais
assez naïf pour croire qu'il en irait de même
ensuite et que je bénificierais d'un viol facile.

Je n'avais jamais déshabillé de femmes ; j'avais
plutôt été déshabillé par elles. Aussi je m'y pris
maladroitement, commençant par ôter ses souliers et ses bas. Je baisais ses pieds et ses jambes.
Mais quand je voulus dégrafer son corsage, Svéa
se débattit comme un petit diable qui ne veut pas
aller se coucher et qu'on dévêt de force. Elle me
rouait de coups de pied. J'attrapais ses pieds au
vol, je les emprisonnais, les baisais. Enfin la
satiété arriva, comme la gourmandise s'arrête
après trop de crème et de friandises. Il fallut bien
que je lui apprisse ma supercherie, et que Marthe
était en voyage. Je lui fis promettre, si elle
rencontrait Marthe, de ne jamais lui raconter
notre entrevue. Je ne lui avouai pas que j'étais
son amant, mais le lui laissai entendre. Le plaisir
du mystère lui fit répondre « à demain » quand,
rassasié d'elle, je lui demandai par politesse si
nous nous reverrions un jour.

Je ne retournai pas chez Marthe. Et peut-être Svéa ne vint-elle pas sonner à la porte close. Je sentais combien blâmable pour la morale courante était ma conduite. Car sans doute sont-ce les circonstances qui m'avaient fait paraître Svéa si précieuse. Ailleurs que dans la chambre de Marthe, l'eussé-je désirée ?

Mais je n'avais pas de remords. Et ce n'est pas en pensant à Marthe que je délaissai la petite Suédoise, mais parce que j'avais tiré d'elle tout le sucre.

Quelques jours après, je reçus une lettre de Marthe. Elle en contenait une de son propriétaire, lui disant que sa maison n'était pas une maison de rendez-vous, quel usage je faisais de la clef de son appartement, où j'avais emmené une femme. J'ai une preuve de ta traîtrise, ajoutait Marthe. Elle ne me reverrait jamais. Sans doute souffrirait-elle, mais elle préférait souffrir que d'être dupe.

Je savais ces menaces anodines, et qu'il suffirait d'un mensonge, ou même au besoin de la vérité, pour les anéantir. Mais il me vexait que, dans une lettre de rupture, Marthe ne me parlât pas de suicide. Je l'accusai de froideur. Je trouvai sa lettre indigne d'une explication. Car moi, dans une situation analogue, sans penser au suicide, j'aurais cru, par convenance, en devoir menacer Marthe. Trace indélébile de l'âge et du collège : je croyais certains mensonges commandés par le code passionnel.

Une besogne neuve, dans mon apprentissage de l'amour, se présentait : m'innocenter vis-à-vis de Marthe, et l'accuser d'avoir moins de confiance en moi qu'en son propriétaire. Je lui expliquai

combien habile était cette manœuvre de la cote-
rie Marin. En effet, Svéa était venue la voir un
jour où j'écrivais chez elle, et si j'avais ouvert
c'est parce que, ayant aperçu la jeune fille par la
fenêtre, et sachant qu'on l'éloignait de Marthe, je
ne voulais pas lui laisser croire que Marthe lui
tenait rigueur de cette pénible séparation. Sans
doute, venait-elle en cachette et au prix de
difficultés sans nombre.

Ainsi pouvais-je annoncer à Marthe que le
cœur de Svéa lui demeurait intact. Et je termi-
nais en exprimant le réconfort d'avoir pu parler
de Marthe, chez elle, avec sa plus intime com-
pagne.

Cette alerte me fit maudire l'amour qui nous
force à rendre compte de nos actes, alors que
j'eusse tant aimé n'en jamais rendre compte, à
moi pas plus qu'aux autres.

Il faut pourtant, me disais-je, que l'amour offre
de grands avantages puisque tous les hommes
remettent leur liberté entre ses mains. Je souhaitais d'être vite assez fort pour me passer d'amour
et, ainsi, n'avoir à sacrifier aucun de mes désirs.
J'ignorais que servitude pour servitude, il vaut
encore mieux être asservi par son cœur que
l'esclave de ses sens.

Comme l'abeille butine et enrichit la ruche,
— de tous ses désirs qui le prennent dans la
rue — un amoureux enrichit son amour. Il en
fait bénéficier sa maîtresse. Je n'avais pas encore
découvert cette discipline qui donne aux natures
infidèles, la fidélité. Qu'un homme convoite une
fille et reporte cette chaleur sur la femme qu'il
aime, son désir plus vif parce qu'insatisfait lais-
sera croire à cette femme qu'elle n'a jamais été

mieux aimée. On la trompe, mais la morale, selon les gens, est sauve. A de tels calculs, commence le libertinage. Qu'on ne condamne donc pas trop vite certains hommes capables de tromper leur maîtresse au plus fort de leur amour ; qu'on ne les accuse pas d'être frivoles. Ils répugnent à ce subterfuge et ne songent même pas à confondre leur bonheur et leurs plaisirs.

Marthe attendait que je me disculpasse. Elle me supplia de lui pardonner ses reproches. Je le fis, non sans façons. Elle écrivit au propriétaire, le priant ironiquement d'admettre qu'en son absence j'ouvrisse à une de ses amies.

Quand Marthe revint, aux derniers jours d'août, elle n'habita pas J..., mais la maison de ses parents, qui prolongeaient leur villégiature. Ce nouveau décor où Marthe avait toujours vécu me servit d'aphrodisiaque. La fatigue sensuelle, le désir secret du sommeil solitaire, disparurent. Je ne passai aucune nuit chez mes parents. Je flambais, je me hâtais, comme les gens qui doivent mourir jeunes et qui mettent lès bouchées doubles. Je voulais profiter de Marthe avant que l'abîmât sa maternité.

Cette chambre de jeune fille, où elle avait refusé la présence de Jacques, était notre chambre. Au-dessus de son lit étroit, j'aimais que mes yeux la rencontrassent en première communiante. Je l'obligeais à regarder fixement une autre image d'elle, bébé, pour que notre enfant lui ressemblât. Je rôdais, ravi, dans cette maison qui l'avait vue naître et s'épanouir. Dans une chambre de débarras, je touchais son berceau, dont je voulais qu'il servît encore, et je lui faisais sortir ses brassières, ses petites culottes, reliques des Grangier.

Je ne regrettais pas l'appartement de J..., où les meubles n'avaient pas le charme du plus laid mobilier des familles. Ils ne pouvaient rien m'apprendre. Au contraire, ici, me parlaient de Marthe tous ces meubles auxquels, petite, elle avait dû se cogner la tête. Et puis nous vivions seuls, sans conseiller municipal, sans propriétaire. Nous ne nous gênions pas plus que des sauvages, nous promenant presque nus dans le jardin, véritable île déserte. Nous nous couchions sur la pelouse, nous goûtions sous une tonnelle d'aristoloche, de chèvrefeuille, de vigne vierge. Bouche à bouche, nous nous disputions les prunes que je ramassais, toutes blessées, tièdes de soleil. Mon père n'avait jamais pu obtenir que je m'occupasse de mon jardin, comme mes frères, mais je soignais celui de Marthe. Je ratissais, j'arrachais les mauvaises herbes. Au soir d'une journée chaude, je ressentais le même orgueil d'homme, si enivrant, à étancher la soif de la terre, des fleurs suppliantes, qu'à satisfaire le désir d'une femme. J'avais toujours trouvé la bonté un peu niaise : je comprenais toute sa force. Les fleurs s'épanouissant grâce à mes soins, les poules dormant à l'ombre après que je leur avais jeté des graines : que de bonté ? — Que d'égoïsme ! Des fleurs mortes, des poules maigres eussent mis de la tristesse dans notre île d'amour. Eau et graines venant de moi s'adressaient plus à moi qu'aux fleurs et qu'aux poules.

Dans ce renouveau du cœur, j'oubliais ou je méprisais mes récentes découvertes. Je prenais le libertinage provoqué par le contact avec cette maison de famille pour la fin du libertinage. Aussi, cette dernière semaine d'août et ce mois de septembre furent-ils ma seule époque de vrai bonheur. Je ne trichais, ni ne me blessais, ni ne blessais Marthe. Je ne voyais plus d'obstacles. J'envisageais à seize ans un genre de vie qu'on souhaite à l'âge mûr. Nous vivrions à la campagne ; nous y resterions éternellement jeunes.

Étendu contre elle sur la pelouse, caressant sa figure avec un brin d'herbe, j'expliquais lentement, posément, à Marthe, quelle serait notre vie. Marthe, depuis son retour, cherchait un appartement pour nous à Paris. Ses yeux se mouillèrent, quand je lui déclarai que je désirais vivre à la campagne : « Je n'aurais jamais osé te l'offrir, me dit-elle. Je croyais que tu t'ennuierais, seul avec moi, que tu avais besoin de la ville. — Comme tu me connais mal », répondais-je. J'aurais voulu habiter près de Mandres, où nous étions allés nous promener un jour, et où on cultive les roses. Depuis, quand par hasard, ayant dîné à Paris avec Marthe, nous reprenions le dernier train, j'avais respiré ces roses. Dans la cour de la gare, les manœuvres déchargent d'immenses caisses qui embaument. J'avais, toute mon enfance, entendu parler de ce mystérieux train des roses qui passe à une heure où les enfants dorment.

Marthe disait : « Les roses n'ont qu'une saison. Après, ne crains-tu pas de trouver Mandres laide ? N'est-il pas sage de choisir un lieu moins beau, mais d'un charme plus égal ? »

Je me reconnaissais bien là. L'envie de jouir pendant deux mois des roses me faisait oublier les dix autres mois, et le fait de choisir Mandres m'apportait encore une preuve de la nature éphémère de notre amour.

Souvent, ne dînant pas à F... sous prétexte de promenades ou d'invitations, je restais avec Marthe.

Un après-midi je trouvai auprès d'elle un jeune homme en uniforme d'aviateur. C'était son cousin. Marthe, que je ne tutoyais pas, se leva et vint m'embrasser dans le cou. Son cousin sourit de ma gêne. « Devant Paul, rien à craindre, mon chéri, dit-elle. Je lui ai tout raconté. » J'étais gêné mais enchanté que Marthe eût avoué à son cousin qu'elle m'aimait. Ce garçon, charmant et superficiel, et qui ne songeait qu'à ce que son uniforme ne fût pas réglementaire, parut ravi de cet amour. Il y voyait une bonne farce faite à Jacques qu'il méprisait pour n'être ni aviateur, ni habitué des bars.

Paul évoquait toutes les parties d'enfance dont ce jardin avait été le théâtre. Je questionnais, avide, de cette conversation qui me montrait Marthe sous un jour inattendu. En même temps je ressentais de la tristesse. Car j'étais trop près de l'enfance pour en oublier les jeux inconnus des parents ; soit que les grandes personnes ne gardent aucune mémoire de ces jeux, soit qu'elles les envisagent comme un mal inévitable. J'étais jaloux du passé de Marthe.

Comme nous racontions à Paul, en riant, la haine du propriétaire, et le raout des Marin, il nous proposa, mis en verve, sa garçonnière de Paris.

Je remarquai que Marthe n'osa pas lui avouer que nous avions projet de vivre ensemble. On sentait qu'il encourageait notre amour, en tant que divertissement, mais qu'il hurlerait avec les loups le jour d'un scandale.

Marthe se levait de table et servait. Les domestiques avaient suivi Mme Grangier à la campagne, car, toujours par prudence, Marthe prétendait n'aimer vivre que comme Robinson. Ses parents, croyant leur fille romanesque et que les romanesques sont pareils aux fous qu'il ne faut pas contredire, la laissaient seule.

Nous restâmes longtemps à table. Paul montait les meilleures bouteilles. Nous étions gais, d'une gaieté que nous regretterions sans doute, car Paul agissait en confident d'un adultère quelconque. Il raillait Jacques. En me taisant, je risquai de lui faire sentir son manque de tact ; je préférai me joindre au jeu plutôt qu'humilier ce cousin facile.

Lorsque nous regardâmes l'heure, le dernier train pour Paris était passé. Marthe proposa un lit. Paul accepta. Je regardai Marthe d'un tel œil, qu'elle ajouta : « Bien entendu, mon chéri, tu restes. » J'eus l'illusion d'être chez moi, époux de Marthe, et de recevoir un cousin de ma femme, lorsque, sur le seuil de notre chambre, Paul nous dit bonsoir, embrassant sa cousine sur les joues le plus naturellement du monde.

A la fin de septembre, je sentis bien que quitter cette maison c'était quitter le bonheur. Encore quelques mois de grâce, et il nous faudrait choisir, vivre dans le mensonge ou dans la vérité, pas plus à l'aise ici que là. Comme il importait que Marthe ne fût pas abandonnée de ses parents, avant la naissance de notre enfant, j'osai enfin m'enquérir si elle avait prévenu Mme Grangier de sa grossesse. Elle me dit que oui, et qu'elle avait prévenu Jacques. J'eus donc une occasion de constater qu'elle me mentait parfois, car, au mois de mai, après le séjour de Jacques, elle m'avait juré qu'il ne l'avait pas approchée.

La nuit descendait de plus en plus tôt ; et la fraîcheur des soirs empêchait nos promenades. Il nous était difficile de nous voir à J... Pour qu'un scandale n'éclatât pas, il nous fallait prendre des précautions de voleurs, guetter dans la rue l'absence des Marin et du propriétaire.

La tristesse de ce mois d'octobre, de ces soirées fraîches, mais pas assez froides pour permettre du feu, nous conseillait le lit dès cinq heures. Chez mes parents, se coucher le jour signifiant : être malade, ce lit de cinq heures me charmait. Je n'imaginais pas que d'autres y fussent. J'étais seul avec Marthe, couché, arrêté, au milieu d'un monde actif. Marthe nue, j'osais à peine la regarder. Suis-je donc monstrueux ? Je ressentais des remords du plus noble emploi de l'homme. D'avoir abîmé la grâce de Marthe, de voir son ventre saillir, je me considérais comme un vandale. Au début de notre amour, quand je la mordais, ne me disait-elle pas : « Marque-moi » ? Ne l'avais-je pas marquée de la pire façon ?

Maintenant Marthe ne m'était pas seulement la plus aimée, ce qui ne veut pas dire la mieux aimée des maîtresses, mais elle me tenait lieu de tout. Je ne pensais même pas à mes amis ; je les

redoutais, au contraire, sachant qu'ils croient
nous rendre service en nous détournant de notre
route. Heureusement, ils jugent nos maîtresses
insupportables et indignes de nous. C'est notre
seule sauvegarde. Lorsqu'il n'en va plus ainsi,
elles risquent de devenir les leurs.

Mon père commençait à s'effrayer. Mais ayant toujours pris ma défense contre sa sœur et ma mère, il ne voulait pas avoir l'air de se rétracter, et c'est sans rien leur en dire qu'il se ralliait à elles. Avec moi, il se déclarait prêt à tout pour me séparer de Marthe. Il préviendrait ses parents, son mari... Le lendemain, il me laissait libre.

Je devinais ses faiblesses. J'en profitais. J'osais répondre. Je l'accablais dans le même sens que ma mère et ma tante, lui reprochant de mettre trop tard en œuvre son autorité. N'avait-il pas voulu que je connusse Marthe ? Il s'accablait à son tour. Une atmosphère tragique circulait dans la maison. Quel exemple pour mes deux frères ! Mon père prévoyait déjà ne rien pouvoir leur répondre un jour, lorsqu'ils justifieraient leur indiscipline par la mienne.

Jusqu'alors il croyait à une amourette, mais, de nouveau, ma mère surprit une correspondance. Elle lui porta triomphalement ces pièces de son procès. Marthe parlait de notre avenir et de notre enfant !

Ma mère me considérait trop encore comme un bébé, pour me devoir raisonnablement un petit-fils ou une petite-fille. Il lui apparaissait impossi-

ble d'être grand-mère à son âge. Au fond, c'était
pour elle la meilleure preuve que cet enfant
n'était pas le mien.

L'honnêteté peut rejoindre les sentiments les
plus vifs. Ma mère, avec sa profonde honnêteté,
ne pouvait admettre qu'une femme trompât son
mari. Cet acte lui représentait un tel dévergondage qu'il ne pouvait s'agir d'amour. Que je fusse
l'amant de Marthe signifiait pour ma mère
qu'elle en avait d'autres. Mon père savait combien faux peut être un tel raisonnement, mais
l'utilisait pour jeter un trouble dans mon âme, et
diminuer Marthe. Il me laissa entendre que
j'étais le seul à ne pas « savoir ». Je répliquai
qu'on la calomniait de la sorte à cause de son
amour pour moi. Mon père, qui ne voulait pas
que je bénéficiasse de ces bruits, me certifia
qu'ils précédaient notre liaison, et même son
mariage.

Après avoir conservé à notre maison une façade
digne, il perdait toute retenue, et, quand je
n'étais pas rentré depuis plusieurs jours,
envoyait la femme de chambre chez Marthe, avec
un mot à mon adresse, m'ordonnant de rentrer
d'urgence ; sinon il déclarerait ma fuite à la
préfecture de police et poursuivrait Mme L. pour
détournement de mineur.

Marthe sauvegardait les apparences, prenait
un air surpris, disait à la femme de chambre
qu'elle me remettrait l'enveloppe à ma première
visite. Je rentrais un peu plus tard, maudissant
mon âge. Il m'empêchait de m'appartenir. Mon
père n'ouvrait pas la bouche, ni ma mère. Je
fouillais le Code sans trouver les articles de loi
concernant les mineurs. Avec une remarquable
inconscience, je ne croyais pas que ma conduite

me pût mener en maison de correction. Enfin, après avoir épuisé vainement le Code, j'en revins au Grand Larousse, où je relus dix fois l'article : « mineur », sans découvrir rien qui nous concernât.

Le lendemain, mon père me laissait libre encore.

Pour ceux qui rechercheraient les mobiles de son étrange conduite, je les résume en trois lignes : il me laissait agir à ma guise. Puis, il en avait honte. Il menaçait, plus furieux contre lui que contre moi. Ensuite, la honte de s'être mis en colère le poussait à lâcher les brides.

Mme Grangier, elle, avait été mise en éveil, à son retour de la campagne, par les insidieuses questions des voisins. Feignant de croire que j'étais un frère de Jacques, ils lui apprenaient notre vie commune. Comme, d'autre part, Marthe ne pouvait se retenir de prononcer mon nom à propos de rien, de rapporter quelque chose que j'avais fait ou dit, sa mère ne resta pas longtemps dans le doute sur la personnalité du frère de Jacques.

Elle pardonnait encore, certaine que l'enfant, qu'elle croyait de Jacques, mettrait un terme à l'aventure. Elle ne raconta rien à M. Grangier, par crainte d'un éclat. Mais elle mettait cette discrétion sur le compte d'une grandeur d'âme dont il importait d'avertir Marthe pour qu'elle lui en sût gré. Afin de prouver à sa fille qu'elle savait tout, elle la harcelait sans cesse, parlait par sous-entendus, et si maladroitement que M. Grangier, seul avec sa femme, la priait de ménager leur pauvre petite, innocente, à qui ces continuelles suppositions finiraient par tourner la tête. A quoi Mme Grangier répondait quelque-

fois par un simple sourire, de façon à lui laisser
entendre que leur fille avait avoué.

Cette attitude, et son attitude précédente, lors
du premier séjour de Jacques, m'incitent à croire
que Mme Grangier, eût-elle désapprouvé complètement sa fille, pour l'unique satisfaction de
donner tort à son mari et à son gendre, lui aurait,
devant eux, donné raison. Au fond Mme Grangier
admirait Marthe de tromper son mari, ce qu'elle-
même n'avait jamais osé faire, soit par scrupules,
soit par manque d'occasion. Sa fille la vengeait
d'avoir été, croyait-elle, incomprise. Niaisement
idéaliste, elle se bornait à lui en vouloir d'aimer
un garçon aussi jeune que moi, et moins apte que
n'importe qui à comprendre la « délicatesse
féminine ».

Les Lacombe, que Marthe visitait de moins en
moins, ne pouvaient, habitant Paris, rien soupçonner. Simplement, Marthe, leur apparaissant
toujours plus bizarre, leur déplaisait de plus en
plus. Ils étaient inquiets de l'avenir. Ils se deman-
daient ce que serait ce ménage dans quelques
années. Toutes les mères, par principe, ne souhai-
tent rien tant pour leurs fils que le mariage, mais
désapprouvent la femme qu'ils choisissent. La
mère de Jacques le plaignait donc d'avoir une
telle femme. Quant à Mlle Lacombe, la principale
raison de ses médisances venait de ce que Marthe
détenait, seule, le secret d'une idylle poussée
assez loin, l'été où elle avait connu Jacques au
bord de la mer. Cette sœur prédisait le plus
sombre avenir au ménage, disant que Marthe
tromperait Jacques si par hasard ce n'était déjà
chose faite.

L'acharnement de son épouse et de sa fille
forçait parfois à sortir de table M. Lacombe,
brave homme, qui aimait Marthe. Alors, mère et

fille échangeaient un regard significatif. Celui de
Mme Lacombe exprimait : « Tu vois, ma petite,
comment ces sortes de femmes savent ensorceler
nos hommes. » Celui de Mlle Lacombe : « C'est
parce que je ne suis pas une Marthe que je ne
trouve pas à me marier. » En réalité, la malheureuse, sous prétexte qu' « autre temps autres
mœurs » et que le mariage ne se concluait plus à
l'ancienne mode, faisait fuir les maris en ne se
montrant pas assez rebelle. Ses espoirs de
mariage duraient ce que dure une saison bal-
néaire. Les jeunes gens promettaient de venir,
sitôt à Paris, demander la main de Mlle Lacombe.
Ils ne donnaient plus signe de vie. Le principal
grief de Mlle Lacombe, qui allait coiffer Sainte-
Catherine, était peut-être que Marthe eût trouvé
si facilement un mari. Elle se consolait en se
disant que seul un nigaud comme son frère avait
pu se laisser prendre.

Pourtant, quels que fussent les soupçons des familles, personne ne pensait que l'enfant de Marthe pût avoir un autre père que Jacques. J'en étais assez vexé. Il fut même des jours où j'accusais Marthe d'être lâche, pour n'avoir pas encore dit la vérité. Enclin à voir partout une faiblesse qui n'était qu'à moi, je pensais, puisque Mme Grangier glissait sur le commencement du drame, qu'elle fermerait les yeux jusqu'au bout.

L'orage approchait. Mon père menaçait d'envoyer certaines lettres à Mme Grangier. Je souhaitais qu'il exécutât ses menaces. Puis je réfléchissais. Mme Grangier cacherait les lettres à son mari. Du reste, l'un et l'autre avaient intérêt à ce qu'un orage n'éclatât point. Et j'étouffais. J'appelais cet orage. Ces lettres, c'est à Jacques, directement qu'il fallait que mon père les communiquât.

Le jour de colère où il me dit que c'était chose faite, je lui eusse sauté au cou. Enfin ! Enfin ! Il me rendait le service d'apprendre à Jacques ce qui importait qu'il sût. Je plaignais mon père de croire mon amour si faible. Et puis, ces lettres mettraient un terme à celles où Jacques s'attendrissait sur notre enfant. Ma fièvre m'empêchait de comprendre ce que cet acte avait de fou, d'impossible. Je commençai seulement à voir juste lorsque mon père, plus calme, le lendemain, me rassura, croyait-il, m'avouant son mensonge. Il l'estimait inhumain. Certes. Mais où se trouve l'humain et l'inhumain ?

J'épuisais ma force nerveuse en lâcheté, en audace, éreinté par les mille contradictions de mon âge aux prises avec une aventure d'homme.

L'amour anesthésiait en moi tout ce qui n'était pas Marthe. Je ne pensais pas que mon père pût souffrir. Je jugeais de tout si faussement et si petitement que je finissais par croire la guerre déclarée entre lui et moi. Aussi, n'était-ce plus seulement par amour pour Marthe que je piétinais mes devoirs filiaux, mais parfois, oserai-je l'avouer, par esprit de représailles!

Je n'accordais plus beaucoup d'attention aux lettres que mon père faisait porter chez Marthe. C'est elle qui me suppliait de rentrer plus souvent à la maison, de me montrer raisonnable. Alors, je m'écriais : « Vas-tu, toi aussi, prendre parti contre moi ? » Je serrais les dents, tapais du pied. Que je me misse dans un état pareil, à la pensée que j'allais être éloigné d'elle pour quelques heures, Marthe y voyait le signe de la passion. Cette certitude d'être aimée lui donnait une fermeté que je ne lui avais jamais vue. Sûre que je penserais à elle, elle insistait pour que je rentrasse.

Je m'aperçus vite d'où venait son courage. Je commençai à changer de tactique. Je feignais de me rendre à ses raisons. Alors, tout à coup, elle avait une autre figure. A me voir si sage (ou si léger) la peur la prenait que je ne l'aimasse moins. A son tour elle me suppliait de rester, tant elle avait besoin d'être rassurée.

Pourtant, une fois, rien ne réussit. Depuis déjà trois jours, je n'avais mis les pieds chez mes parents, et j'affirmai à Marthe mon intention de passer encore une nuit avec elle. Elle essaya tout pour me détourner de cette décision : caresses, menaces. Elle sut même feindre à son tour. Elle finit par déclarer que, si je ne rentrais pas chez mes parents, elle coucherait chez les siens.

Je répondis que mon père ne lui tiendrait aucun compte de ce beau geste. — Eh bien ! elle n'irait pas chez sa mère. Elle irait au bord de la Marne. Elle prendrait froid, puis mourrait ; elle serait enfin délivrée de moi : « Aie au moins pitié de notre enfant, disait Marthe. Ne compromets pas son existence à plaisir. » Elle m'accusait de m'amuser de son amour, d'en vouloir connaître les limites. En face d'une telle insistance, je lui répétais les propos de mon père : elle me trompait avec n'importe qui ; je ne serais pas dupe. « Une seule raison, lui dis-je, t'empêche de céder. Tu reçois ce soir un de tes amants. » Que répondre à d'aussi folles injustices ? Elle se détourna. Je lui reprochai de ne point bondir sous l'outrage. Enfin, je travaillais si bien qu'elle consentit à passer la nuit avec moi. A condition que ce ne fût pas chez elle. Elle ne voulait pour rien au monde que ses propriétaires pussent dire le lendemain au messager de mes parents qu'elle était là.

Où dormir ?

Nous étions des enfants debout sur une chaise, fiers de dépasser d'une tête les grandes personnes. Les circonstances nous hissaient, mais nous restions incapables. Et si, du fait même de notre

inexpérience, certaines choses compliquées nous
paraissaient toutes simples, des choses très simples, par contre, devenaient des obstacles. Nous
n'avions jamais osé nous servir de la garçonnière
de Paul. Je ne pensais pas qu'il fût possible
d'expliquer à la concierge, en lui glissant une
pièce, que nous viendrions quelquefois.

Il nous fallait donc coucher à l'hôtel. Je n'y
étais jamais allé. Je tremblais à la perspective
d'en franchir le seuil.

L'enfance cherche des prétextes. Toujours
appelée à se justifier devant les parents, il est
fatal qu'elle mente.

Vis-à-vis même d'un garçon d'hôtel borgne, je
pensais devoir me justifier. C'est pourquoi, pré-
textant qu'il nous faudrait du linge et quelques
objets de toilette, je forçais Marthe à faire une
valise. Nous demanderions deux chambres. On
nous croirait frère et sœur. Jamais je n'oserais
demander une seule chambre, mon âge (l'âge où
l'on se fait expulser des casinos) m'exposant à des
mortifications.

Le voyage, à onze heures du soir, fut intermina-
ble. Il y avait deux personnes dans notre wagon :
une femme reconduisait son mari, capitaine, à la
gare de l'Est. Le wagon n'était ni chauffé ni
éclairé. Marthe appuyait sa tête contre la vitre
humide. Elle subissait le caprice d'un jeune
garçon cruel. J'étais assez honteux, et je souffrais,
pensant combien Jacques, toujours si tendre avec
elle, méritait mieux que moi d'être aimé.

Je ne pus m'empêcher de me justifier, à voix
basse. Elle secoua la tête : « J'aime mieux, murmura-t-elle, être malheureuse avec toi qu'heureuse avec lui. » Voilà de ces mots d'amour qui
ne veulent rien dire, et que l'on a honte de
rapporter, mais qui, prononcés par la bouche

aimée, vous enivrent. Je crus même comprendre
la phrase de Marthe. Pourtant que signifiait-elle
au juste ? Peut-on être heureux avec quelqu'un
qu'on n'aime pas ?

Et je me demandais, je me demande encore, si
l'amour vous donne le droit d'arracher une
femme à une destinée peut-être médiocre, mais
pleine de quiétude. « J'aime mieux être malheureuse avec toi... » ces mots contenaient-ils un
reproche inconscient ? Sans doute, Marthe, parce
qu'elle m'aimait, connut-elle avec moi des heures
dont, avec Jacques, elle n'avait pas idée, mais ces
moments heureux me donnaient-ils le droit
d'être cruel ?

Nous descendîmes à la Bastille. Le froid, que je
supporte parce que je l'imagine la chose la plus
propre du monde, était, dans ce hall de la gare,
plus sale que la chaleur dans un port de mer, et
sans la gaieté qui compense. Marthe se plaignait
de crampes. Elle s'accrochait à mon bras. Couple
lamentable, oubliant sa beauté, sa jeunesse, honteux de soi comme un couple de mendiants !

Je croyais la grossesse de Marthe ridicule, et je
marchais les yeux baissés. J'étais bien loin de
l'orgueil paternel.

Nous errions sous la pluie glaciale, entre la
Bastille et la gare de Lyon. A chaque hôtel, pour
ne pas entrer, j'inventais une mauvaise excuse. Je
disais à Marthe que je cherchais un hôtel conve-
nable, un hôtel de voyageurs, rien que de voyageurs.

Place de la gare de Lyon, il devint difficile de
me dérober. Marthe m'enjoignit d'interrompre ce
supplice.

Tandis qu'elle attendait dehors, j'entrai dans
un vestibule, espérant je ne sais trop quoi. Le
garçon me demanda si je désirais une chambre. Il

était facile de répondre oui. Ce fut trop facile, et, cherchant une excuse comme un rat d'hôtel pris sur le fait, je lui demandais Mme Lacombe. Je la lui demandais, rougissant, et craignant qu'il me répondît : « Vous-moquez-vous, jeune homme ? Elle est dans la rue. » Il consulta des registres. Je devais me tromper d'adresse. Je sortis, expliquant à Marthe qu'il n'y avait plus de place et que nous n'en trouverions pas dans le quartier. Je respirai. Je me hâtai comme un voleur qui s'échappe.

Tout à l'heure, mon idée fixe de fuir ces hôtels où je menais Marthe de force m'empêchait de penser à elle. Maintenant, je la regardais, la pauvre petite. Je retins mes larmes et quand elle me demanda où nous chercherions un lit, je la suppliai de ne pas en vouloir à un malade, et de retourner sagement elle à J..., moi chez mes parents. Malade ! sagement ! elle fit un sourire machinal en entendant ces mots déplacés.

Ma honte dramatisa le retour. Quand, après les cruautés de ce genre, Marthe avait le malheur de me dire : « Tout de même, comme tu as été méchant », je m'emportais, la trouvais sans générosité. Si, au contraire, elle se taisait, avait l'air d'oublier, la peur me prenait qu'elle agît ainsi, parce qu'elle me considérait comme un malade, un dément. Alors, je n'avais de cesse que je ne lui eusse fait dire qu'elle n'oubliait point, et que si elle me pardonnait, il ne fallait pas cependant que je profitasse de sa clémence ; qu'un jour, lasse de mes mauvais traitements, sa fatigue l'emporterait sur notre amour, et qu'elle me laisserait seul. Quand je la forçais à me parler avec cette énergie, et bien que je ne crusse pas à ses menaces, j'éprouvais une douleur délicieuse,

comparable, en plus fort, à l'émoi que me don-
nent les montagnes russes. Alors, je me précipitais sur Marthe, l'embrassais plus passionnément
que jamais.

— Répète-moi que tu me quitteras, lui disais-
je, haletant, et la serrant dans mes bras, jusqu'à
la casser. Soumise, comme ne peut même pas
l'être une esclave, mais seul un médium, elle
répétait, pour me plaire, des phrases auxquelles
elle ne comprenait rien.

Cette nuit des hôtels fut décisive, ce dont je me rendis mal compte après tant d'autres extravagances. Mais si je croyais que toute une vie peut boiter de la sorte, Marthe, elle, dans le coin du wagon de retour, épuisée, atterrée, claquant des dents, *comprit tout.* Peut-être même vit-elle qu'au bout de cette course d'une année, dans une voiture, follement conduite, il ne pouvait y avoir d'autre issue que la mort.

Le lendemain, je trouvais Marthe au lit, comme d'habitude. Je voulus l'y rejoindre ; elle me repoussa, tendrement. « Je ne me sens pas bien, disait-elle, va-t'en, ne reste pas près de moi. Tu prendrais mon rhume. » Elle toussait, avait la fièvre. Elle me dit, en souriant, pour n'avoir pas l'air de formuler un reproche, que c'était la veille qu'elle avait dû prendre froid. Malgré son affolement, elle m'empêcha d'aller chercher le docteur. « Ce n'est rien, disait-elle. Je n'ai besoin que de rester au chaud. » En réalité, elle ne voulait pas, en m'envoyant, moi, chez le docteur, se compromettre aux yeux de ce vieil ami de sa famille. J'avais un tel besoin d'être rassuré que le refus de Marthe m'ôta mes inquiétudes. Elles ressuscitèrent, et plus fortes que tout à l'heure, quand, lorsque je partis pour dîner chez mes parents, Marthe me demanda si je pouvais faire un détour, et déposer une lettre chez le docteur.

Le lendemain, en arrivant à la maison de Marthe, je croisai celui-ci dans l'escalier. Je n'osai pas l'interroger, et le regardai anxieusement. Son air calme me fit du bien : ce n'était qu'une attitude professionnelle.

J'entrai chez Marthe. Où était-elle ? La cham-

bre était vide. Marthe pleurait, la tête cachée
sous les couvertures. Le médecin la condamnait à
garder la chambre, jusqu'à la délivrance. De
plus, son état exigeait des soins ; il fallait qu'elle
demeurât chez ses parents. On nous séparait.

Le malheur ne s'admet point. Seul, le bonheur
semble dû. En admettant cette séparation sans
révolte, je ne montrais pas de courage. Simplement, je ne comprenais point. J'écoutais, stupide,
l'arrêt du médecin, comme un condamné sa
sentence. S'il ne pâlit point : « Quel courage ! »
dit-on. Pas du tout : c'est plutôt manque d'imagination. Lorsqu'on le réveille pour l'exécution,
alors, il *entend* la sentence. De même, je ne
compris que nous n'allions plus nous voir, que
lorsqu'on vint annoncer à Marthe la voiture
envoyée par le docteur. Il avait promis de n'avertir personne, Marthe exigeant d'arriver chez sa
mère à l'improviste.

Je fis arrêter à quelque distance de la maison
des Grangier. La troisième fois que le cocher se
retourna, nous descendîmes. Cet homme croyait
surprendre notre troisième baiser, il surprenait
le même. Je quittais Marthe sans prendre les
moindres dispositions pour correspondre, presque sans lui dire au revoir, comme une personne
qu'on doit rejoindre une heure après. Déjà, des
voisines curieuses se montraient aux fenêtres.

Ma mère remarqua que j'avais les yeux rouges.
Mes sœurs rirent parce que je laissais deux fois de
suite retomber ma cuillère à soupe. Le plancher
chavirait. Je n'avais pas le pied marin pour la
souffrance. Du reste, je ne crois pouvoir comparer mieux qu'au mal de mer ces vertiges du cœur
et de l'âme. La vie sans Marthe, c'était une
longue traversée. Arriverais-je ? Comme, aux pre-

miers symptômes du mal de mer, on se moque
d'atteindre le port et on souhaite mourir sur
place, je me préoccupais peu d'avenir. Au bout de
quelques jours, le mal, moins tenace, me laissa le
temps de penser à la terre ferme.

Les parents de Marthe n'avaient plus à deviner
grand-chose. Ils ne se contentaient pas d'escamo-
ter mes lettres. Ils les brûlaient devant elle, dans
la cheminée de sa chambre. Les siennes étaient
écrites au crayon, à peine lisibles. Son frère les
mettait à la poste.

Je n'avais plus à essuyer de scènes de famille.
Je reprenais les bonnes conversations avec mon
père, le soir, devant le feu. En un an, j'étais
devenu un étranger pour mes sœurs. Elles se
réapprivoisaient, se réhabituaient à moi. Je prenais la plus petite sur mes genoux, et, profitant
de la pénombre, la serrais avec une telle violence,
qu'elle se débattait, mi-riante, mi-pleurante. Je
pensais à mon enfant, mais j'étais triste. Il me
semblait impossible d'avoir pour lui une tendresse plus forte. Étais-je mûr pour qu'un bébé
me fût autre chose que frère ou sœur ?

Mon père me conseillait des distractions. Ces
conseils-là sont engendrés par le calme. Qu'avais-
je à faire, sauf ce que je ne ferais plus ? Au bruit
de la sonnette, au passage d'une voiture, je
tressaillais. Je guettais dans ma prison les moindres signes de délivrance.

A force de guetter des bruits qui pouvaient
annoncer quelque chose, mes oreilles, un jour,
entendirent des cloches. C'étaient celles de l'armistice.

Pour moi, l'armistice signifiait le retour de
Jacques. Déjà, je le voyais au chevet de Marthe,
sans qu'il me fût possible d'agir. J'étais éperdu.

Mon père revint à Paris. Il voulait que j'y
retournasse avec lui : « On ne manque pas une
fête pareille. » Je n'osais refuser. Je craignais de
paraître un monstre. Puis, somme toute, dans ma
frénésie de malheur, il ne me déplaisait pas
d'aller voir la joie des autres.

Avouerais-je qu'elle ne m'inspirât pas grande
envie. Je me sentais seul capable d'éprouver les
sentiments qu'on prête à la foule. Je cherchais le
patriotisme. Mon injustice, peut-être, ne me
montrait que l'allégresse d'un congé inattendu :
les cafés ouverts plus tard, le droit pour les
militaires d'embrasser les midinettes. Ce spectacle, dont j'avais pensé qu'il m'affligerait, qu'il me
rendrait jaloux, ou même qu'il me distrairait par
la contagion d'un sentiment sublime, m'ennuya
comme une Sainte-Catherine.

Depuis quelques jours, aucune lettre ne me
parvenait. Un des rares après-midi où il tomba de
la neige, mes frères me remirent un message du
petit Grangier. C'était une lettre glaciale de
Mme Grangier. Elle me priait de venir au plus
vite. Que pouvait-elle me vouloir ? La chance
d'être en contact, même indirect, avec Marthe,
étouffa mes inquiétudes. J'imaginais Mme Grangier m'interdisant de revoir sa fille, de correspondre avec elle, et moi, l'écoutant, tête basse,
comme un mauvais élève. Incapable d'éclater, de
me mettre en colère, aucun geste ne manifeste-
rait ma haine. Je saluerais avec politesse, et la
porte se refermerait pour toujours. Alors, je
trouverais les réponses, les arguments de mauvaise foi, les mots cinglants qui eussent pu laisser
à Mme Grangier, de l'amant de sa fille, une image
moins piteuse que celle d'un collégien pris en
faute. Je prévoyais la scène, seconde par seconde.

Lorsque je pénétrai dans le petit salon, il me
sembla revivre ma première visite. Cette visite
signifiait alors que je ne reverrais peut-être plus
Marthe.

Mme Grangier entra. Je souffris pour elle de sa

petite taille, car elle s'efforçait d'être hautaine. Elle s'excusa de m'avoir dérangé pour rien. Elle prétendit qu'elle m'avait envoyé ce message pour obtenir un renseignement trop compliqué à demander par écrit, mais qu'entre-temps elle avait eu ce renseignement. Cet absurde mystère me tourmenta plus que n'importe quelle catastrophe.

Près de la Marne, je rencontrai le petit Grangier, appuyé contre une grille. Il avait reçu une boule de neige en pleine figure. Il pleurnichait. Je le cajolai, je l'interrogeai sur Marthe. Sa sœur m'appelait, me dit-il. Leur mère ne voulait rien entendre, mais leur père avait dit : « Marthe est au plus mal, j'exige qu'on lui obéisse. »

Je compris en une seconde la conduite si bourgeoise, si étrange, de Mme Grangier. Elle m'avait appelé, par respect pour son époux, et la volonté d'une mourante. Mais l'alerte passée, Marthe saine et sauve, on reprenait la consigne. J'eusse dû me réjouir. Je regrettais que la crise n'eût pas duré le temps de me laisser voir la malade.

Deux jours après, Marthe m'écrivit. Elle ne faisait aucune allusion à ma visite. Sans doute la lui avait-on escamotée. Marthe parlait de notre avenir, sur un ton spécial, serein, céleste, qui me troublait un peu. Serait-il vrai que l'amour est la forme la plus violente de l'égoïsme, car, cherchant une raison à mon trouble, je me dis que j'étais jaloux de notre enfant, dont Marthe aujourd'hui m'entretenait plus que de moi-même.

Nous l'attendions pour mars. Un vendredi de janvier, mes frères, tout essoufflés, nous annoncèrent que le petit Grangier avait un neveu. Je ne compris pas leur air de triomphe, ni pourquoi ils avaient tant couru. Ils ne se doutaient certes pas de ce que la nouvelle pouvait avoir d'extraordinaire à mes yeux. Mais un oncle était pour mes frères une personne d'âge. Que le petit Grangier fût oncle tenait donc du prodige, et ils étaient accourus pour nous faire partager leur émerveillement.

C'est l'objet que nous avons constamment sous les yeux que nous reconnaissons avec le plus de difficulté, si on le change un peu de place. Dans le neveu du petit Grangier, je ne reconnus pas tout de suite l'enfant de Marthe, — mon enfant.

L'affolement que dans un lieu public produit un court-circuit, j'en fus le théâtre. Tout à coup il faisait noir en moi. Dans cette nuit, mes sentiments se bousculaient ; je me cherchais, je cherchais à tâtons des dates, des précisions. Je comptais sur mes doigts comme je l'avais vu faire quelquefois à Marthe, sans alors la soupçonner de trahison. Cet exercice ne servait d'ailleurs à rien. Je ne savais plus compter. Qu'était-ce que cet enfant que nous attendions pour mars, et qui naissait en janvier ? Toutes les explications que je cherchais à cette anormalité, c'est ma jalousie qui les fournissait. Tout de suite, ma certitude fut faite. Cet enfant était celui de Jacques. N'était-il pas venu en permission neuf mois auparavant ? Ainsi, depuis ce temps, Marthe me mentait. D'ailleurs, ne m'avait-elle pas déjà menti au sujet de cette permission ! Ne m'avait-elle pas d'abord juré s'être pendant ces quinze jours maudits refusée à Jacques, pour m'avouer, longtemps après, qu'il l'avait plusieurs fois possédée !

Je n'avais jamais pensé bien profondément que
cet enfant pût être celui de Jacques. Et si, au
début de la grossesse de Marthe, j'avais pu
souhaiter lâchement qu'il en fût ainsi, il me
fallait bien avouer, aujourd'hui, que je croyais
être en face de l'irréparable, que, bercé pendant
des mois par la certitude de ma paternité, j'aimais cet enfant, cet enfant qui n'était pas le mien.
Pourquoi fallait-il que je ne me sentisse le cœur
d'un père, qu'au moment où j'apprenais que je ne
l'étais pas !

On le voit, je me trouvais dans un désordre
incroyable, et comme jeté à l'eau, en pleine nuit,
sans savoir nager. Je ne comprenais plus rien.
Une chose surtout que je ne comprenais pas,
c'était l'audace de Marthe, d'avoir donné mon
nom à ce fils légitime. A certains moments, j'y
voyais un défi jeté au sort qui n'avait pas voulu
que cet enfant fût le mien, à d'autres moments, je
n'y voulais plus voir qu'un manque de tact, une
de ces fautes de goût qui m'avaient plusieurs fois
choqué chez Marthe, et qui n'étaient que son
excès d'amour.

J'avais commencé une lettre d'injures. Je
croyais la lui devoir, par dignité ! Mais les mots
ne venaient pas, car mon esprit était ailleurs,
dans des régions plus nobles.

Je déchirai la lettre. J'en écrivis une autre, où
je laissai parler mon cœur. Je demandais pardon
à Marthe. Pardon de quoi ? Sans doute que ce fils
fût celui de Jacques. Je la suppliais de m'aimer
quand même.

L'homme très jeune est un animal rebelle à la
douleur. Déjà j'arrangeais autrement ma chance.
J'acceptais presque cet enfant de l'autre. Mais,
avant même que j'eusse fini ma lettre, j'en reçus
une de Marthe, débordante de joie. — Ce fils était

le nôtre, né deux mois avant terme. Il fallait le mettre en couveuse. « J'ai failli mourir », disait-elle. Cette phrase m'amusa comme un enfantillage.

Car je n'avais place que pour la joie. J'eusse voulu faire part de cette naissance au monde entier, dire à mes frères qu'eux aussi étaient oncles. Avec joie, je me méprisais : comment avoir pu douter de Marthe ? Ces remords, mêlés à mon bonheur, me la faisaient aimer plus fort que jamais, mon fils aussi. Dans mon incohérence, je bénissais la méprise. Somme toute, j'étais content d'avoir fait connaissance, pour quelques instants, avec la douleur. Du moins, je le croyais. Mais rien ne ressemble moins aux choses elles-mêmes que ce qui en est tout près. Un homme qui a failli mourir croit connaître la mort. Le jour où elle se présente enfin à lui, il ne la reconnaît pas : « Ce n'est pas elle », dit-il, en mourant.

Dans sa lettre, Marthe me disait encore : « Il te ressemble. » J'avais vu des nouveau-nés, mes frères et mes sœurs, et je savais que seul l'amour d'une femme peut leur découvrir la ressemblance qu'elle souhaite. « Il a mes yeux », ajoutait-elle. Et seul aussi son désir de nous voir réunis en un seul être pouvait lui faire reconnaître ses yeux.

Chez les Grangier, aucun doute ne subsistait plus. Ils maudissaient Marthe, mais s'en faisaient les complices, afin que le scandale ne « rejaillît » pas sur la famille. Le médecin, autre complice de l'ordre, cachant que cette naissance était prématurée, se chargerait d'expliquer au mari, par quelque fable, la nécessité d'une couveuse.

Les jours suivants, je trouvai naturel le silence de Marthe. Jacques devait être auprès d'elle. Aucune permission ne m'avait si peu atteint que celle-ci, accordée au malheureux pour la naissance de *son* fils. Dans un dernier sursaut de puérilité, je souriais même à la pensée que ces jours de congé, il me les devait.

Notre maison respirait le calme.

Les vrais pressentiments se forment à des profondeurs que notre esprit ne visite pas. Aussi parfois, nous font-il accomplir des actes que nous interprétons tout de travers.

Je me croyais plus tendre à cause de mon bonheur et je me félicitais de savoir Marthe dans une maison que mes souvenirs heureux transformaient en fétiche.

Un homme désordonné qui va mourir et ne s'en doute pas met soudain de l'ordre autour de lui. Sa vie change. Il classe des papiers. Il se lève tôt, il se couche de bonne heure. Il renonce à ses vices. Son entourage se félicite. Aussi sa mort brutale semble-t-elle d'autant plus injuste. *Il allait vivre heureux.*

De même, le calme nouveau de mon existence était ma toilette du condamné. Je me croyais meilleur fils parce que j'en avais un. Or, ma tendresse me rapprochait de mon père, de ma mère parce que quelque chose savait en moi que j'aurais, sous peu, besoin de la leur.

..., à midi, mes frères revinrent de l'école
en nous criant que Marthe était morte.

La foudre qui tombe sur un homme est si
prompte qu'il ne souffre pas. Mais c'est pour
celui qui l'accompagne un triste spectacle. Tandis que je ne ressentais rien, le visage de mon
père se décomposait. Il poussa mes frères. « Sor-
tez, bégaya-t-il. Vous êtes fous, vous êtes fous. »
Moi, j'avais la sensation de durcir, de refroidir,
de me pétrifier. Ensuite, comme une seconde
déroule aux yeux d'un mourant tous les souvenirs
d'une existence, la certitude me dévoila mon
amour avec tout ce qu'il avait de monstrueux.
Parce que mon père pleurait, je sanglotais. Alors,
ma mère me prit en mains. Les yeux secs, elle me
soigna froidement, tendrement, comme s'il se fût
agi d'une scarlatine.

Ma syncope expliqua le silence de la maison,
les premiers jours, à mes frères. Les autres jours,
ils ne comprirent plus. On ne leur avait jamais
interdit les jeux bruyants. Ils se taisaient. Mais, à
midi, leurs pas sur les dalles du vestibule me
faisaient perdre connaissance comme s'ils eussent dû chaque fois m'annoncer la mort de
Marthe.

Marthe ! Ma jalousie la suivant jusque dans la
tombe, je souhaitais qu'il n'y eût rien, après la
mort. Ainsi, est-il insupportable que la personne
que nous aimons se trouve en nombreuse compagnie dans un fête où nous ne sommes pas. Mon
cœur était à l'âge où l'on ne pense pas encore à
l'avenir. Oui, c'est bien le néant que je désirais
pour Marthe, plutôt qu'un monde nouveau, où la
rejoindre un jour.

La seule fois que j'aperçus Jacques, ce fut quelques mois après. Sachant que mon père possédait des aquarelles de Marthe, il désirait les connaître. Nous sommes toujours avides de surprendre ce qui touche aux êtres que nous aimons. Je voulus voir l'homme auquel Marthe avait accordé sa main.

Retenant mon souffle et marchant sur la pointe des pieds, je me dirigeais vers la porte entrouverte. J'arrivais juste pour entendre :

— Ma femme est morte en l'appelant. Pauvre petit ! N'est-ce pas ma seule raison de vivre.

En voyant ce veuf si digne et dominant son désespoir, je compris que l'ordre, à la longue, se met de lui-même autour des choses. Ne venais-je pas d'apprendre que Marthe était morte en m'appelant, et que mon fils aurait une existence raisonnable ?

PETITE BIBLIOGRAPHIE

I. ŒUVRES DE RADIGUET

— *Le Diable au corps*, Paris, Grasset (« Le Roman »), 1923.
— *Le Bal du comte d'Orgel*, Préface de Jean Cocteau, Paris, Grasset, 1924.

La première tentative bibliographique fut faite par Cocteau, qui, après avoir rappelé l'essentiel (*Diable au corps*, *Bal du comte d'Orgel* et un recueil de poésies inédites), la donna en note dans sa préface pour le *Bal du comte d'Orgel*. La voici, telle quelle :

« Outre *Paul et Virginie*, opéra-comique en collaboration avec Jean Cocteau et Erik Satie, des plaquettes rares : *Devoirs de vacances* (dessins d'Irène Lagut), 1921, à la Sirène. *Les Joues en feu* (pointes sèches de Jean V. Hugo), 1920, chez François Bernouard. *Les Pélicans* (pointes sèches de H. Laurens. Entracte de Georges Auric). *Le Gendarme incompris*, critique bouffe en collaboration avec Jean Cocteau et Francis Poulenc, 1921, Editions de la galerie Simon. Et divers articles dans *Sic, Nord-Sud, Littérature, Le Coq, Le Gaulois, Les Ecrits nouveaux, Les Feuilles Libres, Comoedia, Les Nouvelles Littéraires*. »

Cocteau donnait en même temps une liste de portraits du poète :

« Lucien-Alphonse Daudet, dessin, 1920. Emmanuel

Fay, dessin, 1920. Valentine V. Hugo, dessin 1920. Picasso, lithographie, 1920. Jacques Lipchitz, buste, 1920. Jacques-Emile Blanche, deux toiles, 1922. Marie Laurencin, crayon, 1923. Jean Cocteau, dessins, 1920-1923. »

Résumons la suite :

— *Les Joues en feu,* édition définitive, avec un portrait par Pablo Picasso et un poème de Max Jacob, Paris, Grasset, 1925.

— *Œuvres complètes,* Paris, Grasset, 1952.

— *Œuvres complètes,* enrichies de photographies, de manuscrits en fac-similé, d'illustrations. Edition établie par Simone Lamblin. Paris, Club des Libraires, 1959.

— *Gli Inediti,* commentaires de Liliana Garuti delli Ponti et présentation de Luigi de Nardis, Parme, Ugo Guanda, 1967.

II. ŒUVRES SUR RADIGUET
OU LE CONCERNANT INCIDEMMENT

BOILLAT (Gabriel) : *Un maître de dix-sept ans, Raymond Radiguet,* Neuchâtel, La Baconnière, 1973.

BORGAL (Clément) : *Radiguet,* Paris, Editions Universitaires, 1969.

COCTEAU (Jean) : *Le Rappel à l'ordre,* Paris, Stock, 1926.

COCTEAU (Jean) : *La Difficulté d'être,* Paris, Morihien, 1947.

GOESCH (Keith) : *Radiguet,* Paris-Genève, La Palatine, 1955.

GRASSET (Bernard) : *Lettre à André Gillon sur les conditions du succès en librairie,* Paris, Grasset (« Les Cahiers irréguliers »), 1951.

MASSIS (Henri) : *Textes inédits de Raymond Radiguet* (précédés d'une étude sur l'auteur), Paris, les Cahiers libres, 1927.

NOAKES (David) : *Radiguet,* Paris, Seghers (« Poètes d'aujourd'hui »), 1969.

ODOUARD (Nadia) : *Les Années folles de Raymond Radiguet*, Paris, Seghers (« L'Archipel »), 1973.

SACHS (Maurice) : *Au temps du Bœuf sur le toit*, Paris, Nouvelle Revue Critique, 1948.

SALMON (André) : *Donat vainqueur* ou *Les Panathénées du IIe arrondissement*, (avec 50 dessins de Touchagues), Paris, André Delpeuch, 1928.

STEEGMULLER (Francis) : *Cocteau*, Paris, Buchet-Chastel, 1973.

On trouvera une bibliographie très développée et très bien faite dans le livre de Nadia ODOUARD. Y sont mentionnées huit thèses sur Radiguet : — une allemande, de Hans SCHWAB (Würzbourg) ; — quatre françaises : de Keith GOESCH (Paris), de Bernard CLERC (Dijon), de Nicole JULLIEN (Paris, Faculté de médecine), de Nadia ABDALLAH-ODOUARD (Paris) ; — trois italiennes : de Liliana GARUTI DELLI PONTI (Milan), d'Antonio POSSENTI (Rome) et de Gianna ZENONI (Milan).

Impression Novoprint
à Barcelone, le 3 février 2004
Dépôt légal: février 2004
Premier dépôt légal dans la collection: mai 1982

ISBN 2-07-037391-6./Imprimé en Espagne.

129126